STEFAN ZWEIG
DIE LIEBE DER ERIKA EWALD

PIPER-PRÄSENT

STEFAN ANDRES

DIE

LIEBESSCHAUKEL

ROMAN

R. PIPER & CO VERLAG
MÜNCHEN

833
An 2 L
73285
2ch., 1971

ISBN 3 492 01830 0
Titelnummer 1830
Auflage dieser Ausgabe 1.–10. Tausend
Deutsche Gesamtauflage 188.000 Exemplare
© R. Piper & Co. Verlag, München, 1970
Gesamtherstellung Friedrich Pustet, Regensburg
Gesetzt aus der Walbaum-Antiqua
Printed in Germany

ER ERINNERTE MICH, SO OFT ICH IHN GELEGENT-
lich durch die kleine weiße Stadt am Meer gehen
sah, an einen der großen grauen Schäferhunde, die
wir bei uns in Ungarn zum Schafhüten haben. Diese
Hunde, in deren Wesen Bär und Löwe miteinander
verschmolzen sind, wirken auf den ersten Blick ein-
schüchternd, sind aber sehr zartfühlend, – im Alter
jedoch bricht oft die Wildheit der Steppe in ihrem
Blute durch. Wegen ihrer gleichmütigen Würdigkeit
möchte ich sie überhaupt nicht als Hunde anspre-
chen. Das schreibe ich keineswegs, weil ich fürchte,
der mit einem Hund Verglichene könnte diese Geschichte lesen und sich gekränkt fühlen – Huhl, Ulrich Huhl kann nämlich lachen und läßt sich also
nicht kränken.

Daß ich drei Monate am selben Ort mit ihm
lebte, bis wir miteinander in so nahe Verbindung
kamen, beruhte auf der strengen Zurückgezogen-
heit, mit der Huhl – ebenso wie ich – sein Leben
umschützte. Wir wußten nicht einmal von einander,
daß wir beide von derselben Gilde, nämlich Bildhauer waren. Außer einem diffusen Ortsklatsch, daß
Huhl vor etwa zwanzig Jahren, bald nach dem
Weltkrieg, mit einem sehr schönen Mädchen in

Città morta angekommen und daß ebendasselbe Mädchen drei Monate später mit einem Freunde von Huhl davongegangen sei, war mir über ihn nichts bekannt. Vielleicht noch, daß er gelegentlich heftig trinke und nachts in seinem Hause ganz allein zu lärmen und singen beginne, und daß er überhaupt nichts tue, sondern immerzu auf dem Monte Sant' Angelo herumsteige, alles Einzelzüge, die meine Anteilnahme für den seltsamen Mann wohl bestärken, doch keineswegs befriedigen konnten.

Da kam mich mitten im Mai mein Freund aus Budapest besuchen, ein Mythologe, das muß erwähnt sein. Wir saßen, meine Frau zwischen uns, auch das muß erwähnt sein, auf der Terrasse des Cafés, und da erblickten wir Huhl im äußersten Winkel; er starrte über sein Glas fort auf das abendliche Meer. Es war schon so dunkel, daß man die Fischer, wie sie die Boote zum Fangen fertigmachten, nur noch als braune Schattenstrünke hin und her gehen sah. Als sie die Karbidlampen anzündeten, war das den Zuschauern auf der Terrasse vor den kleinen Marmordisken ihrer Tischchen ein Schauspiel. Nur Huhl hatte die Augen gleichmütig ins Weite gerichtet, vielleicht gegen die glitzernden Lichter des Nachtdampfers, der den Kurs Palermo hatte und auf dem Horizont zu stehen schien, sich jedoch bewegte. Ich fühlte mich angestoßen und hörte den Freund flüstern, wer das sei – der da in der Ecke – dieser – dieser »gefrorene Dionysos« ... Ich blickte sofort den Fragenden erlöst und dankbar an. Dionysos! ... Das war besser als Schäferhund! Indes – gefroren? Wie er das meine? Ach nun, es sei ihm so gekommen; und er wiederholte

6

seine Frage. Ich erzählte, was ich wußte, auch daß die Eingeborenen ihn signore panciotta bianca nannten, seiner weißen Weste wegen. Sie war immer so weiß gewesen, seit fast zwanzig Jahren, das hatte ich von den Leuten gehört.

Huhl unter der Glyzinienpergel, abgesondert und unbewegt, war uns preisgegeben wie ein Bild. Die breiten Schultern spannten die gelbe Seide, daß sie wie Marmor aussah. Die violetten Dolden hingen fast bis auf sein Haar herab, das war grau und geringelt; der Bart ringelte sich ebenso grau und hing nicht schlaff herab. Im schwachen Lichte der Terrassenbeleuchtung wirkte auch das Haar marmorn und gemeißelt. Die Hände lagen braun und voll auf der Krücke des Stockes, sie war aus Silber, ich kannte sie gut.

Mein Freund begann wiederum mit geradezu wissenschaftlicher Neugier, was der Mann wohl tue?

»Nichts«, sagte ich, wie ich es gehört hatte.

»Er tut nichts«, mein Freund schüttelte den Kopf, »ein Handwerk, das gelernt sein will – bei so einem Koloß von Kraft!«

Wir hatten das alles geflüstert, die Augen selten auf Huhl gerichtet. Plötzlich wandte er, der bis dahin nur sein Profil gezeigt hatte, uns sein Gesicht voll zu und rief kurz nach dem Kellner. Damit blickte er wieder geradeaus. Nun – als erinnerte er sich nachträglich eines Eindruckes, den er kontrollieren müsse – wandte er sich wieder unserer Gruppe zu. Er betrachtete nicht länger als drei, vier Sekunden meinen Freund. In seinem Blick lag offene, doch keineswegs unverschämte Neugierde; man schaut Menschen auf diese Art an, wenn man sie zu erkennen glaubt. Huhl zeigte uns schon wieder sein Profil,

7

das ohne jede Ecke und Spitzigkeit verlief. Doch war es unbedeutend im Vergleich mit diesem Gesicht, wenn es sich dem Blick voll zuwandte. Unter den buschigen Brauen standen fast glotzende Augen, die Stirn hatte zwei wie Streitkolken zu der Nase gerichtete Hügel, die Wangen sprangen aus dem Bart, breit, braun und hügelhaft wie die Dünen aus der Brandung, und wer Huhls Nase jemals mit Verstand angeschaut hatte, war versucht, sich an die eigene zu fassen, ob da überhaupt etwas sei. Sie war nicht einmal sehr lang, aber voll und fest geformt.

Von Huhls forschendem Blick betroffen, fragte unser Freund: »Habt ihr bemerkt, wie er mich anstarrte?«

Wir hatten es so gut wie Karl bemerkt, und meine Frau flüsterte: »Er fühlt sich beobachtet, sprechen wir doch von etwas anderem!«

Wir begannen nun lauter zu reden, und zwar meiner Frau wegen, die das Ungarische nie recht erlernte, sprachen wir Deutsch, und so – wahrscheinlich durch den Mythologen geführt – waren unsere Worte auf der Sireneninsel gelandet, die draußen, fast auf dem Horizont liegend, sich schwarz von dem sterneflimmernden Himmel abhob. Wir sprachen zuerst halb scherzhaft über diese hübschen Blutsaugerinnen – oben Mädchen und unten Geier! – als unser Mythologe plötzlich ernst machte:

»Bedenkt, diese Sirenen, das waren die Armenseelen der Alten! Unbarmherzig, aber großartig ist diese frühe Vorstellung, in welcher das Irdische den Rang erhält, der ihm zukommt: alles wurzelt in demselben Lebensstrom, nichts ist tot – nur ...«

Mit seinem »nur« war er auf das Thema Natur und Mensch gekommen. Und er meinte, daß es so

8

eine Gegenüberstellung ausschließlich in jenen gebe, deren vernachlässigte und beleidigte Irdischkeit zu einer »natura morta« geworden sei.

»Es sind Sträflinge des Lebens«, fuhr er fort, »und man findet sie ebensogut unter den am Großhirn Erkrankten wie unter den Sentimentalen, die noch heute an dem Rousseauschen Veitstanz leiden, der ›Zurück zur Natur‹ heißt!«

»Guten Abend!« Huhl saß zu uns gekehrt auf dem Stuhl, »Verzeihung, aber wenn ich fragen darf: haben diese lahmen Ritter vom Großhirn – diese Gattung beschäftigt mich sehr – haben diese Sträflinge des Lebens – ich notiere mir den Ausdruck – ihr Zuchthausdasein verdient oder nicht? Mit anderen Worten: sind es Schuldige oder arme Tröpfe? Ich bin in diesem ganz besonderem Falle aus einem ganz bestimmten Grunde ein Moralist!«

Mein Freund war verlegen, er bemerkte zu spät, daß er – vom Weine verführt – einen Vortrag gehalten hatte und nun ein Diskussionsredner da war. So ging er denn, mehr von Höflichkeit genötigt, auf Huhl ein; im stillen war er darauf bedacht, ihn zum Sprechen zu bringen. Ja, das sei die Frage, ob der Mensch Schuld habe am Absterben seiner Wurzelkräfte. Man müsse hier wohl von einer überpersönlichen Schuld sprechen, von einer langsam wachsenden Schuld durch viele Geschlechter. Man solle vielleicht auch nicht so weit gehen und sagen, daß die Wurzelkräfte, die uns mit dem Ganzen verbinden, wirklich abstürben; es sei vielmehr ein Absterben jenes besonderen Sinnes, der diese Irdischkeit in uns lockt, mehrt und mit dem Geiste vermählt: dieser besondere Sinn könne allerdings ohne Schuld des Menschen absterben.

»Ohne Schuld? Ach, sieh einer an!« Huhl erhob sich heftig, verbeugte sich, sagte »Gute Nacht« und ging davon.

Wir waren so überrascht, daß wir nur nach mehrfachem Ansetzen den Gruß erwidern konnten.

Nun begegnete mir Huhl am andern Tage in einer schmalen Mauerschleuse dieser Treppenstadt. Er kam ungestüm und mit federnden Beinen von unten her. Es war heiß, und er pustete, da er sich unbeobachtet glaubte, in rhythmischen Stößen den Atem aus. »Puh – puh – rumdada!« brummte er zwischendurch. So stand er vor mir, ohne daß er mich eher bemerkte, bis er meine Füße auf der Treppe sah, denn er war mit vorgebeugtem Gesicht heraufgeeilt. Seine offensichtliche Verlegenheit, daß er einen Ohrenzeugen seiner sehr einfachen Laute gehabt hatte, verbarg er mit dem Taschentuch, indem er sich sorgfältig das Gesicht tupfte. Er grüßte, und plötzlich kam mir sein Gesicht sehr nahe.

»Sie sind noch jung – wissen nichts – nichts von dieser Welt! Von Freunden nichts – von Frauen nichts! Ihre Frau hört Ihrem Freund zu gut zu! Vorsicht vor einem Manne, der behauptet, daß die Philosophen ohne Schuld sind, wenn sie sich und die andern bei lebendigem Leibe mumifizieren. Philosophen? Ich meine damit jene autonomen Denker, die – haben Sie mal einen kennengelernt? – nein? Vorsicht, er findet keine Schuld an diesen Menschen – und verurteilt sie doch. Ein Pilatus oder ein Verbündeter! Verzeihen Sie! Guten Morgen.«

Er stieg bereits weiter die Treppe hinan.

Ich hielt Huhl für betrunken; es war die einzige Möglichkeit, ihn nicht für verrückt zu halten.

Hätte ich meinem Freund, der in unserm Hause wohnte, mitgeteilt, in welcher Hinsicht mich Huhl gewarnt hatte, er wäre noch am selben Tage in ein Hotel gezogen – nicht aus Beleidigtsein, sondern aus einer begreiflichen Verlegenheit. So sprach ich nur von Huhls Ansichten über die Philosophen, fügte aber bei, daß er gewiß betrunken gewesen sei.

Der Mythologe schüttelte den Kopf: »Nein, nein, oder er ist immer betrunken. Hast du bemerkt, wie er mich anstarrte? Jetzt weiß ich, warum.«

Huhl, den wir nur noch den »Gefrorenen Dionysos« oder auch abgekürzt einfach den »Gefrorenen« nannten, beschäftigte uns. Er schien uns ein Eisberg zu sein, in dessen Tiefe irgendwo Wärme erzeugt wurde: die Innigkeit seiner Worte, das Drohende, wenn auch Indiskrete seiner Beschwörung auf der Treppe – das war Wärme! Allein er blieb ein Block für uns, in den hinein wir vergeblich die Stollen unserer Vermutungen trieben. Unsere große Neugierde war keineswegs trivial, das ist Neugierde nur dann, wenn sie aus der Flucht vor dem Eigenen kommt. So entschuldigten wir unser Vorhaben, unsern listigen Plan, der allerdings gründlich mißlang. Denn bei Menschen mit Instinkt gelingt keine List, besonders keine, die Eingang ins Innere verlangt. Wir schämten uns hinterher, als der Plan an Huhls grandioser Abgeschlossenheit zerbrach.

Ich sollte mich opfern und in meiner beruflichen Eigenschaft, also als Bildhauer, Huhl aufsuchen und ihn in Materialfragen um Rat angehen. Ich machte mich nun zu seinem Hause auf, zweimal vergeblich; die alte Frau aus dem Hause nebenan, die bei Huhl aufwartete, lachte nur und sagte, der Herr sei bei gutem Wetter immer auf dem Berge. Und sie wies gegen den Felsengiebel des Monte Sant' Angelo hinauf, die Augen kneifend und suchend, als könnte sie ihn über die drei Kilometer Luftlinie in einer der karminfarbenen Rillen und Ritzen des perlmutterfarbenen Berges entdecken. Beim drittenmal – die Zahl wollte es so, sagte der Mythologe – traf ich ihn endlich zu Hause an. Er empfing mich in einem Vorraum, in dem sich buchstäblich nichts befand als ein Tisch und zwei Stühle. Der ungastliche Raum schien zu sprechen: Sitz nieder, bring dein Anliegen vor und geh wieder.

Huhl blickte mich, als ich die ersten Sätze vorgebracht hatte, einmal kurz und fast glotzend an. Sein grauer Bart stieß wie ein Block vor, als er den Kopf dabei hob.

»Ich Bildhauer – wer hat Ihnen das gesagt?«

Ich war dem Stottern nahe: »Niemand – wir dachten uns das!«

»Dachten! Ihr Freund hatte den Verdacht, wie?«

Ich nickte. Er lachte unvermittelt, dröhnend, aber sehr kurz. Dann sagte er, es hätte pathetisch geklungen, wäre nicht diese kalte Wut in seiner Stimme gewesen:

»Auf der Hut vor Philosophen! Vor allen! Vor den Zukurzgekommenen! Wollen Götter sein, möchten Welten bauen, aber es fehlt ihnen der Dreck! Auf den kommt's an beim Bauen. Am Dreck liegt's! Und dieser wunderbare Dreck ist so alt wie der Geist. Bedingt sich alles gegenseitig. Wie ja auch wir –«, er machte eine kurze verbindende Bewegung zwischen uns, »diese – diese sauberen Denker bedingen«, er lachte wieder, und jedesmal schien bei diesem Lachen ein Stück seiner Härte nach innen hinein abzupoltern; man wünschte, daß dieses Lachen anhalte, in seinem plötzlichen Beginn und Verstummen wirkte es beinahe erschreckend. »Übrigens, Ihr Freund – denkt wirklich sauber. Sein Denken geht mit Pfeil und Bogen, ist kein Spiegel. Kein Narziß, der! Ich bin alt, beinahe fünfzig, uralt! Viel Häßliches gesehen, und das macht uns alt, das allein. Das Häßlichste war – war ein denkender Narziß. Sie sind auch ein Narziß, aber Bildhauer. Gut! Sie genießen sich in Gestalten. Feine Sache, jedoch nicht ungefährlich. Aber – die – diese – die genießen sich im Denken. Und diesen Genuß geben sie dann als die Wahrheit aus, diese Weltschöpfdenkbohnen . . .! Sie leben nicht und sterben nicht, so kommen sie in die Suppe!«

Ich kam mir vor dem inständig Redenden, der sich aber nur mit streifendem Blick an mich wandte, ungefähr wie vor einem Geisteskranken vor. Die Worte fielen abgebrochen aus seinem Mund, der seine vollen, großen Lippen im Neste des Bartes verbarg. Sein Blick war kalt und glotzend, doch unvermittelt kam dieses Lachen, das, ich hörte es deutlich, so voll Selbstverspottung und zugleich auch Überlegenheit war. Der lachende Huhl schien immer aufs neue zu sagen: Lassen wir ab davon, es ist doch alles nicht so wichtig!

Unvermittelt erhob er sich: »Entschuldigen Sie, ich halte Sie gewiß auf mit meinem Gewäsch. Wie gesagt: bin kein Bildhauer – will sagen – ja, bin keiner – mehr . . . So! Und schönes Weichholz ist eben hier nicht zu haben. Man nehme immer das Material, das in der Gegend am billigsten ist, das ist für die Gegend auch das Richtige. Holz – Holz? Süditalien inspiriert Sie zu Holz? Bronze, Kalkstein, meinetwegen Marmor – aber Holz?« Und er fragte

ebenso ohne Übergang, er senkte in geradezu väter-
lichem Wohlwollen den Kopf: »Was soll's denn
werden?«

Ich hatte an diese Frage nicht gedacht und so log
ich – und zwar gewollt angreiferisch: »Ach, so etwas
wie einen heutigen Apoll möchte ich machen: einen
klaren Heiligen, vielleicht eine Mischung aus jun-
gem Gelehrtenkopf und Sportsmann, Flieger ... Ich
weiß noch nicht, ich hab' so eine Idee!«

»Mann«, Huhl ließ sich auf den Strohstuhl fallen,
»Sie gehen von Ideen aus?« ...

Das hatte ich nun für meine Lüge! Indes, ich
raffte mich auf, von der Lüge weitergeschleppt, und
lächelte: »So nicht! Mein Freund hat das Gesicht
dieser Idee!«

»Ah« – er lachte nun lautlos, dann versenkte er
sein Gesicht in die großen Hände. Durch die Finger
flüsterte er: »So weit schon! Aber da ist nie etwas
zu machen!« Er hob den Kopf und fast beschwörend
klang es: »Vorsicht! Wo es Philosophen gibt, gibt es
Baggerlöcher, und wo die sind, gibt es Strudel! Wissen Sie«, er beugte sich vertraulich an mein Ohr, »die
großen baggern nach Gold, die kleineren nach Sand;
die ganz kleinen aber machen es nur, weil sie gerade
die Baggermaschine geerbt haben, tun aber am lei-
denschaftlichsten, die kleinen Philosophen, ich kenne
so einen!«

Damit reichte er mir die Hand und beteuerte, er
wolle mich keineswegs aufhalten.

Ich fragte mich auf diesem Nachhauseweg, ob ein
Mensch, der unter Menschen lebt, sich wirklich ver-
borgen halten könne. Seine Verborgenheit ist schon
eine Aussage, und jedes Wort eines zurückgezoge-
nen Menschen hat für die andern jene Einprägsam-

keit des Seltenen, welche die Neugier auf den Plan ruft.

Wir konnten Huhls Haus von unserer Terrasse aus nicht sehen. Es lag im Westen des Städtchens, das vom Meer aufsteigend dem Berg seine Häuserwürfel an die unteren hügelhaften Ausläufer heftet. Der mittlere Hügel aber bildet eine Nase im Gesicht des Städtchens, so daß man die Häuser im Osten und Westen nur von dieser Profillinie her erblicken konnte.

Es waren seit meinem mißglückten Besuch in seinem Hause keine zwei Wochen vergangen, da stiegen wir hinter ihm den Berg hinauf – auf dem Zickzackweg, der nach Santa Maria in Castello führt. Wir waren unserm Freund noch den Monte Sant' Angelo schuldig und hatten uns in der Frühe aufgemacht; der Aufstieg dauert etwa fünf Stunden. Als wir oberhalb der letzten Häuser auf dem Geröllpfad noch im morgendlichen Schatten des östlichen Berges dahingingen, schweigsam und den ersten sich regenden Lauten des Morgens hingegeben, sagte plötzlich meine Frau: »Da – da geht er!« Sie hatte ihn zuerst bemerkt, wie er soeben hinter einem Felsen auftauchend etwa fünfzig Meter höher am Berge hinanstieg. Unser Stehenbleiben und Beraten glich ein wenig jener Verlegenheit von Liebesleuten, die sich aus dem Wege gehen, um nicht im andern das Gefühl zu erwecken, als hätte man absichtlich seinen Weg gekreuzt. Wir beschlossen zu warten, um Huhl einen Vorsprung zu geben. In Santa Maria in Castello angekommen, könnten wir dann sehen, welchen Weg er nehme, und uns von seiner Fährte trennen. Denn droben, wo der Zickzackpfad zu Ende war, bestanden für den Wanderer vielerlei Möglichkeiten: die erste und größte war, sich dem nackten Steinmassiv des Sant' Angelo zu nähern und in seiner flimmernden Felsenbläue sich aufsteigend zu verlieren. Man konnte aber auch durch die tiefgrünen, ganz ebenen Saatfelder, unter Buchen und Kastanien wandeln, wie in einer ganz unsüdländischen Überraschung, welche die Halbinsel hier dem entzückten und nach Grün hungernden Auge bot. Diese fruchtbare kleine Ebene, siebenhundert Meter hoch über zwei Meerbusen liegend, zur Flanke eines wolkensammelnden Kalkmassivs, trägt einzelne Bauerngehöfte und ist benannt nach einer meist verschlossenen Kirche, die nicht sehr kastellhaft zwischen zwei gleichhohen Häusern eingebaut steht. Der fromm-trotzige Name mag wohl auf ein Normannen- oder Hohenstaufen-Kastell zurückgehen, dessen Steine längst von den Bauernhäusern konsumiert und dessen Stumpf und Grund von jener kleinen Kirche oder auch von der wiedernehmenden Erde überdeckt wurde.

Ich gedachte, meinen Freund zu überraschen, indem ich ihm die Landschaft, die uns erwartete, als Steinmeer schilderte. So blieben wir erzählend eine Weile stehen, und dann endlich weitersteigend – der ganze Weg bis Santa Maria in Castello beträgt für einen rüstigen Schritt kaum eine Stunde – verhielten wir noch einmal in der Betrachtung einiger Mistkäfer, genauer gesagt: heiliger Pillendreher, die ihre etwa walnußgroße Kugelfuhre den Berg hinanspedierten. Sie waren merkwürdigerweise zu dritt. Einer schob mit den Vorderbeinen, ein anderer, rückwärtsgehend, zog an der Last, die gut das Fünffache der Käfergröße ausmachte; der dritte –

wir kamen darauf, es sei der Fuhrmann, Sklaven-aufseher oder auch Unternehmer – lief aufgeregt nebenan, stieß bald den hinteren, bald den vorderen, regte sich auf und tat nichts. Die Steinstufen des Weges überwand dieser seltsam erregte und stumme Transport durch seitliches Umgehen. Dann beweg-ten sich die dürren Grashalme am Wegrain, und bald erschienen sie wieder auf den Steinen, und es ging bis zur nächsten Stufe. Plötzlich – meine Frau sagte, der drückende Käfer habe einmal schnell in die Hände gespuckt – rollte die Kugel der Neigung der Stufe entsprechend seitlich, dann rückwärts; sie hopste und rollte und lag bald mehr als zehn Stu-fen tiefer. Die Arbeit und Mühe von Stunden war dahin. Die Käfer schienen das, wenn auch nicht in dieser ausführlichen Kalkulation, wohl zu empfin-den. Der Aufseher kam heran und fuchtelte mit den Fühlern gegen den einen und ebenso gegen den an-dern. Sie begannen erregt zu suchen. Der Aufseher verschwand, als wollte er Hilfe holen, die Stufen hinankrabbelnd, die andern hasteten zurück. Viel-leicht auch hatte der Leitkäfer fürchterliche Dro-hungen ausgestoßen, wenn die zwei Schröter nicht bis Punkt vier Uhr nachmittags ... Wir machten uns Gedanken um die Armen und wollten schon ihren Kloß holen, doch da sagte der Mythologe: »Nicht – nicht eingreifen! Die Götter schauen zu.«

So stiegen wir weiter bergan. Als wir schließlich auf der Höhe angekommen waren, war es dar-über beinahe Mittag geworden. Jetzt hatten wir aber über Pillendrehern, halmetragenden Ameisen, Ge-plausch und ruhsamen Ausblicken aufs Meer un-sern Gefrorenen vergessen und, was unangenehm war, seine Fährte verloren, denn wir wollten ihm nun einmal, das war unser fester Entschluß, hier in der Einsamkeit nicht begegnen. Er sollte durchaus nicht das bedrückende Gefühl haben, als spionierten wir ihm nach. So beschlossen wir denn, in das Bauernhaus neben der verschlossenen Kirche zu gehen. Dort unter dem verfallenen Arkadengang, wo Ackergeräte und alles mögliche an den roh verputzten Wänden entlang stand, konnte man Wein bekommen und Brot und Käse; dazu hatte man den Sant'Angelo vor sich, nur getrennt durch eine grüne, immer feuchte Senke, die bald nach Süden zum Meer schluchthaft sich erweiterte und ihr Wasser ergoß. Außerdem konnte man die Leute fragen, ob sie den signore panciotta gesehen hätten und in welcher Richtung er gegangen sei.

So traten wir unter den bäuerlichen Bogengang, auf den die Türen zu den drei Räumen des Hauses sich öffneten. Ich bat die Bäuerin um eine Stärkung, und dann, wir saßen noch kaum, schickte ich ziemlich laut meine Frage hinterdrein: »Habt Ihr den Fremden in der Pelerine und dem großen Hut gesehen, er geht so, ein bißchen gebückt!«

»Si, signore, si«, sagte darauf die Bäuerin, sie stand gerade mit dem Wein im Mücheneingang, der Sinn ihrer Antwort war nicht zu verstehen.

Ich sagte: »Ging er nach Meta oder stieg er auf den Berg?«

Indem erschien hinter der Bäuerin Huhl. Er schob sie ruhig wie einen Gegenstand auf die Seite, und dann kam sein grauer Bart, wie ein Tuffstein am gehobenen Kinn vorstoßend, auf mich zu.

Ich betrachtete in meiner Bestürzung nur den Bart. Als er so dicht vor mir stand, daß ich seinen Weinatem roch, blickte ich ihm in die Augen, zum

18

erstenmal mit Bewußtsein. Ihre Farbe lag zwischen grün und grau. Unter den dicken grauen Brauen hervor hatte ihr Flimmern etwas Verstecktes – wirklich wie bei den ungarischen Schäferhunden. Ich spürte, als ich ihm so gegenüberstand, einen geradezu drohenden Ausdruck in diesen Augen.

Er fragte, über meine Schulter mit der Stirn deutend: »Was will der Herr dort von mir?« Nun trat aber meine Frau vor und lachte einfach: »Na, nun fressen Sie uns bitte nicht auf! Und der arme Professor, sehen Sie, er ist ganz blaß geworden. Ich will Ihnen etwas sagen, Herr Huhl: wir fragten nach Ihnen nur darum, weil wir Angst vor Ihnen haben und Ihnen nicht allein oben auf dem Berge begegnen wollten. Ja, so sind wir. Wenn uns da von ungefähr so ein Berggeist wie Sie erscheint und uns etwa in die Tiefe schleudert ...«

Nun lachten wir alle, auch Huhl hatte zuerst gelacht, aber bei den letzten Worten meiner Frau zog er plötzlich die Brauen zusammen und ward wieder eisig. »Ach so!« sagte er etwas trocken.

Ich erklärte ihm nun, wir hätten ihn gesehen beim Aufstieg und da wir fühlten, er wolle keine menschliche Gemeinschaft, hätten wir ihn mit uns verschonen wollen.

»Ach so, ja!« wiederholte er noch einmal ganz mechanisch. Damit verschwand er in der Küche, kehrte aber gleich zurück.

Wir hatten inzwischen an einem wackeligen Tisch auf Bänken Platz genommen. Er stellte seine Flasche neben die unsere. »Gestatten Sie: mein Name ist Ulrich Huhl!« Diese Art einer verspäteten Vorstellung – er mußte wissen, daß wir seinen Namen wohl kannten – wirkte und zumal an diesem armen und zugleich großartigen Ort unbedingt komisch.

Wir nannten ebenso unsere Namen, verbeugten uns, wie Huhl es getan, und setzten uns wieder. Wir schwiegen. Indessen geschah nichts weiter, als daß Huhl etwa in zehn Minuten seine Zweiliterflasche fast zur Hälfte leerte. Er hatte nur einige Male »heiß« gemurmelt, und wir hatten dazu genickt.

»Man muß vorsichtig sein«, sagte Huhl plötzlich, »besonders mit Philosophen.« Dieser Nachsatz wirkte in seiner naiven Herausforderung so lustig, daß mein Freund laut loslachte.

Huhl blickte sich unsicher und prüfend im Kreise um. Als er meine Frau sah, lachte auch er plötzlich und klatschte sich aufs Knie, verstummte aber sofort und wurde ernst. »Entschuldigen Sie, verehrte Frau«, er verbeugte sich, »ich mußte lachen, weil ich mich an etwas erinnere. Hier«, er klopfte auf den Tisch, »vor fast zwanzig Jahren, nein, es sind genau achtzehn, saß ich mit meiner Frau und – und so einem.« Er wies auf meinen Freund und ihn dann anblickend, mit einem resignierten Kopfschütteln, knurrte er: »Ich kann nichts dran machen, ich werde keine dieser Denkbohnen je wieder mir nahekommen lassen. Gewiß, nein – wollen Sie ja auch gar nicht! Sind Sie übrigens richtiger Philosoph oder nur so – unter dieser Dachgesellschaft?«

»Ich bin Mythologe!« Mein Freund sagte das beruhigend, er lächelte.

Huhl sah mich forschend und wägend an. »Ach so«, fuhr er endlich erleichtert fort, »da gibt's ja immerhin Materie: Götter, Steine, Wasser, Sonne, Mond und Sterne, und die Dichter, die Worte, ja, überhaupt – da kann Herz dabei sein.« Er beugte sich unvermittelt vor, meinen Freund betrachtend, endlich wandte er sich langsam zu mir: »Aber wie kommen Sie darauf, in Ihrem Freund das Vorbild für einen modernen Apollokopf zu sehen: Mischung aus Gelehrtem und Flieger? Gar nichts von dem! Vor allen Dingen, Gott sei Dank, gar nicht modern! Habt immer Angst vor den paar tausend Jahren in euch, verdächtig! Der da sieht eher aus wie Julian, der Getreue, wenn er noch einen Bart hätte, wie dieser feine Neffe des schrecklichen Konstantin ihn hatte, haha, den Philosophenbart! Ich, ich habe ihn seit zwanzig Jahren – ich vergaß, mich zu rasieren, ist also kein Philosophenbart, nicht wahr?«

Mein Freund blickte mich fragend an: »Wieso ich – Apoll? Franz hat nie daran gedacht, mich als Apollon darzustellen, so verwegen sind wir beide nicht. Und wir haben auch gar keine Gelüste auf Modernsein.« Er wollte noch mehr sagen, da blickte mich Huhl wieder an.

»Wie?« sagte er gedehnt.

»Ich log Sie an, lieber Herr Huhl«, ich folgte dem Drang, Huhl die Beweggründe meines Besuches zu erklären und wie damals in meiner Verwirrung eine Lüge die andere nach sich gezogen habe. »Wir wollten Sie kennenlernen«, schloß ich, »der Abend auf der Terrasse und einige Ihrer Antworten erregten in uns, ganz offen gesagt, die Neugierde, aber eine, die erlaubt ist, glaub' ich!«

Statt zu antworten, leerte Huhl langsam sein Glas, der rote Wein ergoß sich zwischen dem grauen Krater seines Bartes; man hörte kein Schlucken und sah keine Bewegung, er trank schweigend wie die Erde. Er setzte behutsam das Glas auf den Tisch, – es war vielleicht die einzige nicht heftige Bewegung, die ich an Huhl bemerkte, dieses Aufnehmen und Hinsetzen des Glases. Endlich sagte er: »So ist das, so! – Ich dachte zuerst, der da – der Herr Professor stecke dahinter. Nun ist er ja keiner von den nachträglichen Weltschöpfern, von den Lügenbolden, die behaupten, sie könnten sich am Schopf der eigenen Gedanken aus dem Nichts ziehen – nicht nur sich selber, nein, auch die Welt, die ja tatsächlich für sie nur insofern da ist, als sie ziehen, wie lustig! Geht mir doch! Mich nannte dieser Bursche abwechselnd einen Vitalisten, Sensualisten, Empiriker. Fixe Worte haben sie immer zur Hand, wiewohl sie sich untereinander immerzu vorwerfen, daß ein jeder die Wortgeräte kompliziere und korrumpiere. Das wird noch so kompliziert, daß ihre Bücher übersetzt werden müssen, besonders aus dem Deutschen ins Deutsche. – Reinhold hieß er, ich meine: mit dem Vornamen, und er sah sehr nett aus, deshalb hatte ich ihn so lieb, wie einen Jungen, der mit einer Zigarettenschachtel herumläuft und sie ans Ohr hält und dann sagt: Da ist was Wunderbares drin! Und es krabbelt da drinnen auch so seltsam, und macht man's auf: nun, Maikäfer! ... Ich bin besoffen, und Sie – Sie sind neugierig! Aber warum nicht Geschichten erzählen, schöne Geschichten! Es ist nämlich zu komisch, hier saßen wir: Reinhold dort – nein, Herr Professor, keine Parallelen mehr! Aber es ist seltsam, hier, wo der Lorbeer im Benzinkanister steht – da saß meine Frau. Damals gab es hier oben noch keine Benzinkanister. Ich saß – na, wo ich jetzt sitze, hier sitze ich häufig, ich liebe diese Ecke, man sieht den Berg so gut von hier. Wir waren in jenen Jahren nach Città morta geraten wie eine Kuh in die Küche: ganz zufällig – und wir paßten auch gar nicht in die prächtige Schlichtheit dieser Leute von damals. Ach, heute sind sie anders geworden – unsere Schuld, ihre Schuld, das ist immer so! Meine Frau – das heißt, sie war nicht mit mir verheiratet – ich meine, was man so nennt: meine Frau, Geliebte also, oder Freundin, die hieß – ja, Kätta hieß sie, heißt sie vielleicht heute noch ... Das ist ein Name. Euch ist er gar nichts, aber – ich war noch ein Junge, ich ging noch nicht in die Schule, da war er schon da. Ihn ihm ist beschlossen: ein großer Garten mit viel Pflaumen- und Kirschbäumen – ein Bahnmeisterhaus! Und alle Stunde ein puffender Zug, eine Schaukel zwischen Garten und Haus und – und – ja, und schwarzblau gekleidete Mäner, mit roten Bleistiften hinterm Ohr. Das alles gehört zu diesem Namen, aber mehr noch: zum Beispiel zwei Mädchen, ich meine heute immer ganz weiß gekleidete, aber das stimmt wohl nicht. Unsere Erinnerung ist romantisch. Gelbe Strümpfe und Schuhe, das stimmt aber gewiß, ich als Bauernsohn hatte immer nur grobe, genagelte und mit Öl getränkte Lederbehälter – na, sie paßten zu mir. Und dann noch, was mit dem Namen Kätta zusammenhängt: hohe, ganz hohe Stimmen, Stimmchen – seltsamerweise, denn Kätta klingt doch ziemlich fest und kräftig. Und blaue Augen, Vergißmeinnichtblau, ach, was sag ich! Ihr Haar – ich seh's noch manchmal so durch die Luft leuchten wie ein Stück Sonne, ein bißchen blasser, ach ja! Die Schwester hieß Maria, sie war jünger – und genau so hübsch wie Kätta; ich hätte sie später, als mir Reinhold dazwischenkam, haben können ... Kättas Mutter liebte mich sehr, und darauf bin ich stolz – aber, das ging ja nicht, wegen der Ähnlichkeit und überhaupt! . . . Ich weiß ja gar nicht, wer von ihnen allen noch lebt. Aber ich erzähle das Ganze wohl nicht richtig.« Huhl hob die Hand von der Platte, wo sie während seines Sprechens gelegen hatte – manchmal wie ein liegengebliebener Gegenstand, dann plötzlich sich ballend, als wollte sie gegen jemand losschlagen. Er fuhr sich mit dem Handrücken über den Bart und betrachtete vertieft den verwischten Weintropfen auf dem braunen Fleisch.

»Außerdem«, hob er wieder an und schleuderte den Kopf einmal im Kreise, sein Blick war voll Mißtrauen, »ich weiß wirklich nicht, warum und wieso! Was geht Sie das an? Anmaßung meinerseits – Neugierde Ihrerseits!« Er rief die Bäuerin barsch herbei und verlangte Wein. Die Frau kam verschüchtert und als sie nur sein Glas füllte und die Flasche hinstellte – wir hatten unsern Liter geleert –, griff er mit ruhiger Bewegung nach der bauchigen Flasche, das Bastgeflecht krachte unter seinem prankigen Zupacken. Mit leiser Stimme fuhr er fort: »Ich habe mir manchmal überlegt: damals im Garten des Bahnmeisterhauses, wenn ich die Schaukel stieß und Kätta über mich wegsauste; das Haar flatterte, leuchtete, ja, wie ein Stück Nachmittagssonne unter dem Schatten der Pflaumenbäume; dann guckte ich ihr manchmal nach, als flöge sie auf der Schaukel direkt in den Himmel, also weg von mir, das war meine Vorstellung, und doch empfand ich dabei große Freude. Denn der Himmel, nicht wahr, ist für so einen frommen kleinen Bauerntölpel eine tolle Sache. Ich hatte immer sehr schöne Vorstellungen über den Himmel: Federkissen, silberweiß und so groß wie Wolken. Jedermann konnte halb fliegen, halb springen, stets landet er auf so einem Wolkenkissen, federt und fällt auf das nächste! Und hat er es nicht erwischt, da hängt ja die Sonne zwischen den Kissen wie ein goldenes Netz und fängt einen auf! Alles ist so gut in Ordnung und so herrlich in Bewegung.

Man liegt auch mal still auf so einer Wolke, auf dem Rücken liegt man und guckt in die Höhe. Da oben fährt der Herr des Himmels in seinem feurigen Wagen vorüber, man hält sich die Augen zu. Wenn man sie öffnet, sitzt man neben Kätta und lacht – und weiß gar nicht, worüber, man ist besoffen vor himmlischer Lust! Als Junge naschte ich manchmal heimlich Wein, und da machte ich mir meine Gedanken, im Himmel müßte es so etwas Ähnliches geben. – Ja, so stand ich oft und schaute Kätta nach, wie sie auf der Schaukel in den Himmel flog. Einmal blieb ich so stehen, ich war glücklich. Da kam die Schaukel zurück und traf mich gegen die Stirn. Vielleicht war ich Kätta auf dem Weg in den Himmel ein Stückchen zu weit nachgelaufen. Nun wohl, ich fiel um und bekam ein Horn, ein Horn wie Moses, sage ich Ihnen. Drei Wochen blühte es in allen Farben. Kätta weinte, Maria tröstete mich, und Kättas Mutter machte mir Umschläge mit essigsaurer Tonerde; das ist gut gegen solch ein Horn auf einer Kleinjungenstirn. Kennen Sie jenes Gefühl von Ernüchterung, nein, geradezu von feinem Gedemütigtsein, wenn Sie sich einmal irgendwo stoßen oder auf einer Treppe mit der Nase auf einen Stein fallen? Für mich ist seither außerdem jedesmal die Schaukel im Spiel und Kätta. Knatsch! – der Kopf wackelt, die Funken steigen vor den geschlossenen Augen, man hat seinen Teil mitbekommen, den Teil, der einem zukommt! Was uns trifft, kommt uns doch zu, oder nicht? Das ist meine Philosophie der Beule ... Ich denke mir: nicht ich bin gefallen, die Welt hat sich auf mich zubewegt, die ganze Welt wurde zu einem Einhorn und stieß mich. Ich halte das für einen Spieltrieb der Welt, ich mache mir heutzutage nichts mehr daraus. Ich reibe die Stelle, probiere meine fürchterlichsten Fluchworte sorgfältig auf der Zunge und habe derweil nur einen Gedanken: sieh an, man denkt an dich. Eine richtige Beule tut weh, gewiß, hat aber nichts Falsches an sich. Das kann man nicht so allgemein von der Lust sagen, wie?«

Huhl verstummte und fixierte den Mythologen eine Weile. Er schüttelte endlich ergeben den Kopf, zog die Pelerine über der weißen Weste zusammen, stülpte den schwarzen Filz auf und erhob sich langsam. »Dieses Tranchiermesser im Blick haben Sie, Herr Professor, leider doch fast genau so unangenehm wie mein Freund Reinhold – mein Freund, ja!«

Mein Freund Karl lächelte, doch errötete er dabei, offensichtlich vor verhaltenem Unwillen. »Ich habe aufmerksam zugehört, Herr Huhl, über den Ausdruck meiner Augen bin ich mir dabei im Unklaren gewesen. Doch wenn Konzentriertheit Sie stört, kann ich mich ja empfehlen.«

Huhls Gesicht wurde sanft und starr, als erinnerte er sich. Er wies mit dem schweren Zeigefinger irgendwohin in die Weite: »Der Reinhold hätte jetzt an Ihrer Statt wehmütig in sich hineingelächelt, den Kopf schief, sehen Sie, so etwa. Dieses Wehgelächel war das Konzentrierteste von Hochmut, was mir je in der Welt begegnete. Es war die Wehmut, die aus dem Mitleid mit der Welt kommt, es war – oder vielmehr: es ist, er lächelt heute gewiß noch so wehmütig! – es ist die Wehmut der Philosophen, die, ihre Maikäferschachtel am Ohr, in der Welt sitzen und schmollen, weil keiner daran lauschen will, wie es krabbelt! Nein, nein, Herr Professor, verzeihen Sie mir.« Huhl stand fertig zum Gehen da. »Ich bin ein Trottel aus lauter Vorsicht geworden. Man kann jedoch leicht ebensogut ein Trottel aus Vertrauensseligkeit werden, deshalb geh ich jetzt.« Er griff in die Tasche und legte Geld auf den Tisch. Er grüßte und ging hinaus. Plötzlich jedoch kehrte er sich auf dem Absatz um und wies gegen den Monte Sant' Angelo: »Zu spät zum Aufstieg. Außerdem, da über dem Meer – das Wölkchen! Merken Sie den Schirokko; in zwei, drei Stunden kann's oben verhangen sein.«

Huhl machte einige Schritte auf uns zu, ging zu meiner Frau und fragte, gegen die Bergspitze blickend: »Sagen Sie, verehrte junge Frau, sagen Sie« – er überlegte und schaute flüchtig gegen meinen Freund und mich hin – »einen Berggeist nannten Sie mich vorhin, der einen hinunterstürzen könnte, ja?«

»Das war doch ein Scherz, Herr Huhl!« Meine Frau war verlegen.

»Ein Scherz?« Er wog das Wort, kniff die Augen und blickte unverwandt in die Höhe. Der Berg stand im blauen, ruhigen Glänzen des Nachmittags, er war nah und entrückt und lag von hier oben gesehen nicht unähnlich einem Löwen da; der Gipfel ragte wie ein massiges Haupt, das starr in die gegenstandslose Weite schaut. »Ein Scherz?« Huhl wiederholte das Wort noch einmal und blickte uns wieder der Reihe nach an. »Seltsam! Sie wissen also nichts davon, und es ist doch die einzige Sant'Angelo-Geschichte, die es in Città morta gibt: wie nämlich mein Freund Reinhold hier oben abstürzte und ich ihn hinuntertrug. Ein Stück Weg half der Michele Bozzo tragen, damals, als er noch mit Flaschen handelte. Den kennen Sie also auch nicht? Wirklich seltsam, Sie scheinen genau so zurückgezogen zu leben wie ich. Aber ich glaube zudem, die Leute vergessen heutzutage die alten Geschichten schneller. Damals vor zwanzig Jahren war jene Geschichte ein Ereignis für viele Jahre. Es gibt auch heute noch alte Weiber in Città morta, die glauben, ich hätte den bösen Blick und brächte Unglück, andere meinen: Glück! Wissen Sie, weil ich dabei war, als mein Freund abstürzte.«

Huhl lachte und fuhr mit der Hand auswischend durch die Luft: »Also heute nicht, es ist gefährlich, obschon unter normalen Umständen der Aufstieg keineswegs gefährlich ist, falls man kein Philosoph ist.« Er dehnte seine Stimme, und ihre dunkle Fülle wurde davon dünn und unbestimmt.

»Aber stürzt selbst so ein Weltendachdecker einmal in die Tiefe, dann hat er durch seine zahlreichen Absturzübungen in künstliche Verzweiflungen eine solche Geschicklichkeit erreicht, daß er sich, so gefährlich er fällt, höchstens ein Bein bricht. Er fiel, es war da drüben, sehen Sie dort, an der Steilwand. Der Felsen bricht da an einigen Stellen fast senkrecht ab, an den gefährlichsten Stellen immerhin zehn Meter. An so einer Stelle, ich werde es Ihnen zeigen, warten Sie!« Huhl war an den Tisch unterm Bogengang zurückgegangen und zog mit einer hastigen Bewegung einen Skizzenblock aus der Tasche. Und in einer geradezu an Hexerei grenzenden Geschwindigkeit hatte er die Umrisse des Gipfelmassivs, die

Hauptfalten und Schründe und auch den Steilabfall hingeworfen. Er legte den Block mit heftigem Hantieren auf den Tisch, wir beugten uns stumm darüber. Fast hinter uns stehend, kam er mit seiner Hand vor, die den Stift führte; und mit einer wahren Feldherrenbewegung schrieb er kurz einen Pfeil ein, der von oben nach unten wies. Es war fast genau auf der Mitte des Weges, den der Felsvorsprung an der Steilwand gebildet hatte. Dieser Weg, an seinen breitesten Stellen keinen Meter breit, wird besonders in der Mitte sehr schmal und mißt dort kaum sechzig Zentimeter.

»Hier war es. Er fiel, er stürzte richtig, als wollte er einen Hechtsprung ins Meer machen, krümmte sich aber wie eine Katze im Falle. So kam er mit den Absätzen und dem Hintern auf der schrägen Ebene an, ein paar Meterchen tiefer. Das hätte ihm trotzdem nicht viel nützen können, er wäre weitergerutscht, aber er schnappte auf seiner Luftfahrt einen Ast, es war vielmehr kein Ast, sondern eigentlich ein Wacholderbäumchen. Er schnappte es natürlich nicht mit den fünf Fingern, sondern mit dem Arm, so etwa, wie man sich bei einer Frau einhakt, Sie verstehen! Wirklich, genau wie bei einer Frau . . . Er hatte diese Bewegung erst kurz vorher gelernt. Und das Bäumchen, ebenso biegsam wie Kätta, hemmte seinen großangelegten Flug, wie ja auch Kätta, sobald sie seine Frau war, seinen Geistesflug hemmte; er kam nach Città morta, um mir mit einer gewissen Verlegenheit das zu berichten, das heißt, nicht mit solch einfachen Worten. Er sagte: ›Für den autonomen Denker ist das Weib schließlich doch nur ein im Körperlichen verwurzelter‹ –« Huhl schlug mit seinem Stock durch die Luft. »Zum Teufel, wer nötigt mich denn, die Meinung der Philosophen über Frauen zu verzapfen. Spülwasser! Aber Sie«, Huhl wies mit der funkelnden Silberkrücke gegen den Mythologen, »Sie finden ja keine Schuld an diesen Menschen! Doch darüber ein anderes Mal, jetzt gehen wir heim, ich meine, wenn Sie hier noch sitzenbleiben wollen ...? Aber trinken Sie nicht zuviel, man kann auch durch den Wein leicht einen Stoß bekommen, von innen her, weiß der Kuckuck. Man denkt plötzlich: wie ist das Meer so neu und so nah heute. Und die Beine treten den Berg hinab, als könnten sie durch die Luft gehen, man ist so übermütig vertraut mit dem Ganzen da, ho – und da liegst du und weißt es noch nicht.« Er schüttelte den Kopf. »Ich höre nur mich sprechen, jetzt bin ich still. Kommen Sie mit? Ich verspreche Ihnen, kein Wort mehr zu sagen.«

Mein Freund erhob sich als erster, er lächelte begütigend: »Wenn Sie uns ein so böses Versprechen abliefern, lassen wir Sie allein und gehen nicht mit Ihnen.«

Huhl wandte sich aufrichtig empört meiner Frau und mir zu: »Haben Sie es gehört? Wie kommt der Herr Professor dazu, die Handlungen der andern zu bestimmen? Und zweitens: eine menschliche Freundlichkeit, ich meine, einen Betrunkenen den Berg hinabzugeleiten, eine der wenigen Handlungen, die aus lauterster Güte kommen, sehen Sie, die machen Sie abhängig von meiner Bereitwilligkeit, Ihnen zu erzählen. Ach, gehen Sie doch, ich bin schon ganz anders hier hinuntergekommen. Wenn nötig, geh' ich auf allen vieren, mein lieber Professor. Hach ja, das erschien auch jenem auserwählten durchschimmernden Alabastergefäß der Nüchternheit, dem Privatdozenten Reinhold immer als ein Akt von Vertiertheit. Hohler Schwätzer, Vertiertheit! Als ob ein Hund oder ein Gaul jemals auf zwei Beinen ginge, wenn man ihn besoffen macht!«

Wir konnten alle drei bei diesem Huhlschen Denkschluß das Lachen nicht mehr verbergen; so lachten wir laut und ungehalten, im rechten Gefühl, daß ein ganzes Lachen ihn versöhnlich stimmen, ja sogar mitreißen könnte.

So geschah's denn auch: Huhls Bart ging langsam in die Breite, er lachte ohne Stimme, was wir noch nie an ihm gesehen hatten. Der Bart stand lange so, endlich wandte er sich und sagte: »Außerdem, zwei Literchen, zwei Beine und selbst mit vieren, o nein, o nein!« Dabei schwang er die Arme unter der Pelerine und schritt, den Stock setzend, rüstig voran.

Meine Frau hatte Huhls Zeichnung in ihre Handtasche gesteckt. Als wir eine Viertelstunde später ihn einholten, er war halb springend mit gebreiteter Pelerine den Zickzackweg hinabgeeilt, zeigte sie ihm das Blatt und fragte, ob sie diese Improvisation als Andenken behalten dürfe.

»Als Andenken, woran?« Er blickte die Bittende überrascht an.

Meiner Frau mußte die Antwort auf diese Frage ein wenig schwerfallen. Da sagte sie: »Nun, an den schönen Nachmittag.« Das wäre eine hinreichende Antwort gewesen, leider aber fügte sie noch hinzu: »Und auch an Ihre Erzählung.«

Huhls Gesicht verfinsterte sich. Er zerriß das Blatt, warf es zur Erde und murrte: »Erzählung, ja, und das war also für Sie ein schöner Nachmittag.« Er stapfte, sich abwendend, weiter die Stufen hinunter.

Wir waren nach und nach an das Unberechenbare seiner Erwiderungen gewöhnt. Ohne Übergänge fiel sein Wesen von einem Zustand in den andern. Was dabei überraschte, war nur, daß er sich ungeteilt jedem Wechsel seiner seelischen Lage hingab, eine Beobachtung, die meinen Freund nach diesem langen, vollgeladenen Abend mit Kopfschütteln sagen ließ: »Wie ein Pferd, das am Tag hundert verschiedene Reiter tragen muß, so kommt mir der ›Gefrorene‹ vor; wo nimmt er nur die Kraft dazu her?«

Was uns, als wir in später Nacht sein Haus verließen, noch mehr verwunderte, war die Weise, wie sein Vertrauen zu uns schnell und stoßweise angewachsen war, man könnte sagen, wie eine Gebirgsquelle, die aus einem Rinnsal zu einem glitzernden, rauschenden Wasserfall wird. Wir ahnten alle drei nicht, daß die Gestalten, die in seiner Erzählung auftauchten, genau drei Tage später in unser Leben treten sollten, um uns Zeugenschaft abzugeben für jedes Wort, das er, wie eine Frucht es aus dem Baum seiner Erinnerung pflückend, uns berichtet hatte.

Doch soll zuerst noch über jenen Abstieg vom Monte Sant' Angelo zu Ende berichtet werden.

Wir fanden den Vorausgegangenen am Bildstock des heiligen Joseph, der, weißgekälkt, keine Viertelstunde über dem Städtchen unter einer muschelhaften Felswand am Bergpfade liegt. Im Gitter des Bildstockes steckten einige vertrocknete Feldblumen, die Huhl sorgsam aus den Eisenstäben zupfte und durch ein Sträußchen von Bergglöckchen ersetzte.

Bei dieser Beschäftigung überraschten wir ihn, das heißt, er zeigte gar keine Überraschung, er wandte sich nur und sagte: »Der heilige Joseph, das ist wirklich ein ausgezeichneter Mann, wissen Sie warum?« Wir blickten ihn erwartungsvoll an. Er hob den großen Zeigefinger: »Der ist berühmt geworden und hat doch nie ein Wort gesagt! Heißt nur immer: Der Engel sagte ihm: tu dies, und der Engel sagte ihm: tu das! Und er tat's und keinen Mucks! Und es wurden ihm doch ziemlich starke Sachen zugemutet!« Huhl nickte dem Heiligenbild zu und murmelte: »Aber vielleicht hat er doch manches in seinen Bart hineingebrummt, hm, wer weiß? Das ist doch menschlich, wie?« Er wandte sich mit einem Ruck.

»Natürlich«, sagte jemand von uns, wir waren ein wenig verlegen.

Huhl ließ sich auf der Treppenstufe vor dem Bildsockel nieder und so sprach er vor sich hin: »Wein – und die rechten Ohren dazu, da hätte selbst der olle redliche Tischlermeister mal sowas aus sich rausgerülpst!« Er wandte sich: »Nur meiner ältesten Schwester, das ist eine Krankenpflegerin, jawohl, der hab' ich dann und wann einmal einiges geschrieben, einiges ja – auch das da oben – vom Berg!« Er wies bedächtig gegen die Spitze des Sant' Angelo, die Wolke war nun nahe gekommen, sie flog wie ein plumpes weißes Federtier übers Meer, am südlichen Himmelsrand türmten sich auf der dunklen Wasserscheibe niedrige Wolken, die mit der unangenehmen Farbe von schmutziger Watte in der Nachmittagssonne standen. Die Luft war schwül, auf die Schläfen drückte das ferne und doch in solchen Tagen so nahe gerückte Afrika.

Huhl wischte sich den Schweiß, und seine Hand, die zur Höhe gezeigt hatte, zitterte und war wie in Erschlaffung gegen seinen Körper zurückgefallen. Sein sonst so braunes Gesicht wirkte seltsam farblos.

»Ich sage Ihnen«, er lallte fast, »es war ein denkbar unangenehmer Abstieg damals – hier herunter, mit dem Michele und dem Reinhold! Ich hörte ihn immer nur mit den Zähnen knirschen. Ein doppelter Oberschenkelbruch, derart ungeschickte Träger, dieser Weg, naja, und überhaupt!« Huhl kehrte sich langsam und tastete uns mit seinen Augen ab. »Nicht wahr, Todfeinde, verstehen Sie? Todfeinde!« Er blieb nach diesen Worten stehen, offenbar wollte er in unsern Gesichtern eine Veränderung ablesen.

Plötzlich, er hatte bei unserm ungelenken Schweigen den Blick eine Weile gesenkt, bückte er sich vor, blickte scharf zur Erde und zerstampfte etwas. Wir hatten ebenfalls neugierig zu Boden geschaut, was es da gebe. Wir sahen es nur einen Augenblick, und da hatte es schon Huhls großer Schuh zermalmt: es waren zwei Käfer, die ihr Bällchen rollten.

Meine Frau hatte einen Ruf des Abscheus nicht unterdrücken können. Vor Huhls Erregung sich nun beinahe entschuldigend, fragte sie: »Aber warum denn, Herr Huhl! Vielleicht waren es dieselben, die uns beim Aufstieg begegneten!« Meine Frau hatte dies keineswegs ernsthaft gemeint.

Huhl jedoch ging, uns zunächst unbegreiflich, auf diese Worte ein. »Warum? Eben weil es dieselben waren! Es sind immer dieselben!« Er keuchte und starrte wieder auf die Trümmer aus Chitin und Schleim auf dem Kalkstein. »Ich hasse nämlich diese leidigen Pillendreher!«

Das hatte Huhl, wieder ruhig geworden, mit einem so sachlichen Erklärungston vorgebracht, daß ich Karl, der hinter mir stand, durch die Nase loslachen hörte; er griff eilig nach seinem Taschentuch und schneuzte sich umständlich. Dieses Geräusch wirkte sehr angenehm auf mich, denn Huhls Benehmen war wiederum so unbegreiflich geworden, daß ich aufs neue das beklemmende Gefühl hatte, einem zumindest für Augenblicke Geistesgestörten gegenüberzustehen.

Aber Huhl war nicht geistesgestört, er hatte nur ein empfindlich entwickeltes Gedächtnis, man möchte sagen: für symbolische Zusammenhänge. Er fuhr nun mit der gleichen Selbstverständlichkeit fort: »Seit diesem schlimmen Tage, ich meine seit dieser Angelo-Besteigung mit dem Herrn Reinhold Latten, haben diese Tiere einen Beigeschmack für mich, ich meine, nicht die Tiere – doch die Tiere! . . . Ganz einfach: der große Denker Reinhold, der alles erklären konnte, erklärte mir damals auch das Geheimnis der Mistkäfer; ich hatte ihn gar nicht darum gefragt. Ich war sehr beschäftigt, mehr als so ein Mistkäfer beschäftigt, und mein Röllchen war ganz besonderer Art, das ich den Berg hinanrollte, ein gefährliches Röllchen! Der Reinhold sagte mir: ›Guck, das weißt du nicht, Ulrich? Und es ist ganz einfach: den Berg hinan oder auf der Ebene ist der Käfer Herr der Lage; den Berg hinab entrollt ihm seine lebenswichtige Fracht!‹ Und er entwickelte mir, der denktüchtige Reinhold, wie alle Lebewesen so handeln und handeln müssen: daß sie nämlich so lange ›Herren der Lage‹ sind, als sie Schwierigkeiten überwinden. Wenn sie sich aber dem natürlichen Gefälle, der Strömung überlassen, ›entgleitet ihnen die Initiative‹, so sagte er. ›Die Natur ist gefährlich‹ schloß er damals, ich habe es nicht vergessen, ›und wenn der Mensch sich ihrer Strömung überläßt, heißt das sichere Selbstaufgabe.‹ Das Letzte war, wie Sie vielleicht schon gemerkt haben, an meine, an die Adresse also des Freundes gerichtet. Reinhold Latten versäumte selbst einen Ausflug in den Bereich der Mistkäfer nicht, um mir meinen Teil an notwendiger Belehrung zu verabreichen. Sehen Sie, so dicht wie jetzt vor Ihnen stand ich damals vor ihm – dem mit Kätta ein halbes Jahr verheirateten Reinhold, der mich besuchen kam, um mir stolz zu berichten, daß Kätta schwanger und die Natur gefährlich sei.

Ich glotzte ihn auf eine so unzweideutige Weise an, daß ich dachte, er laufe davon. Wir standen dort oben, wo der Zickzackweg anfängt, dort geht's ja ziemlich abrupt bergab, nicht wahr, das Plätzchen hätte sich ebensogut geeignet, um die Gefährlichkeit der Natur zu bestätigen, wie der schmale Himmelsweg dort droben. Er war nämlich ein Stück zurückgekommen und hatte mich in meiner Mistkäferbetrachtung gestört, einer gefährlichen Betrachtung, wie Sie merken werden.

Aber stellen Sie sich vor: dieser Mann, dessen Instinkt vom Verstand konfisziert war, fragte mich: ›Was blickst du so seltsam, Ulrich, ist dir schlecht?‹ Mir war schlecht, ja, in vielfacher Hinsicht. Allein um dieser ekelhaften Ahnungslosigkeit willen hätte ich ihm einen Stoß, einen Tritt geben mögen. Ich bitte Sie: dieser Mensch führte mir meine Frau aus dem Hause – auf welche Weise, später! ... Dann kommt er und beklagt sich halberwegs bei seinem Herzensfreund. Er erzählte zumindest von ihr, wie etwa ein Mann von einem Prachtpferd erzählt, das er beim Umzug in die Stadt in seiner Dreizimmerwohnung unterbringen soll. O ja, er liebe Kätta, so sagte dieser kosmische Lumpensammler. Um beim Pferdchen zu bleiben: es braucht Hafer, es muß Bewegung haben, es will gestriegelt sein, nicht wahr, verehrte Frau? Wie nennt Sie Ihr Mann eigentlich?«

Wir gestanden, daß meine Frau eigentlich den schrecklichen Namen Mimi getragen habe, von mir aber Aglaia genannt werde. Huhl klatschte in die Hände: »Sehen Sie, das nenn' ich das Pferdchen striegeln! Doch da stand nun der autonome Denker Reinhold vor Kätta. Im stillen tat es ihm leid, daß er sie geheiratet hatte. Ich merkte: unter einer Ehefrau hatte er sich ein Mischgebilde aus Haushälterin, Gefühlsmannequin und Betthäsin gedacht, verzeihen Sie, Frau Aglaia, aber das gewisse Wort müßte noch schärfer sein. Ich schweife immer ab. Wir standen also dort oben in Betrachtung der Pillendreher versenkt, das heißt, er nicht! Vom Gedanken, der Natur Widerstand zu leisten, war er ganz logischerweise auf Haltung zu sprechen gekommen – mir gegenüber, der ich Kätta hatte gehen lassen, ihrer beider Briefe scherzend beantwortet und zuletzt ihn empfangen hatte, als wäre nichts geschehen. Freilich, daß er alles mißverstand, daran war mein vollkommenes Theater schuld. Aber wie konnte er an diese furchtbare Posse von Freundschaft glauben nach allem, was geschehen war! Allerdings war seine Meinung von Freundschaft ebenso hoch wie die von Frauenliebe gering. Sie gipfelte in dem Satz: ›Rechte Freunde kann eine Frau nicht auseinanderbringen!‹ Ich will über den Satz nicht diskutieren! Außerdem waren wir keine rechten Freunde, wir waren es nie. Und Kätta war nicht eine Frau, sondern *die* Frau. Eine Frau kann aber sehr leicht zwischen Freunden *die* Frau werden; dann bersten die Freundschaften wie Felsen im Frost auseinander.

Reinhold verfügte im Gebiet der allgemeinen Lebensphilosophie über Sentenzen, ungelebte, übernommene Sätze. Er gehört zu den Leuten, die vor toter Weisheit stinken und nun glauben, die Umwelt ekle sich vor ihren wunderschönen Aussprüchen und Erkenntnissen.«

In diesem Augenblick fiel meine Frau ein, man mußte den Erzählenden ständig beim Thema halten: »Aber hören Sie, Herr Huhl, warum führten Sie denn vor diesem Herrn Latten dieses Theater auf; das gefällt mir, offen gesagt, sehr wenig!«

Wir saßen noch immer zu Füßen des heiligen Joseph, auf der Treppenstufe seines Bildstockes zumindest. Huhl spielte mit Steinchen, er blickte nicht auf, als meine Frau diesen Einwurf machte. Er schüttelte nur den Kopf. »Mein Gott, glauben Sie denn wirklich, daß ich, Ulrich Huhl, vor diesem Gedankenfloh ein Theater aufzuführen auch nur die geringste Lust verspürte! Denken Sie doch, Sie als Frau, mein Herzchen, denken Sie doch einmal nach. Aha – da sind Sie also draufgekommen ... Nicht wahr, da gibt es noch die Kätta, die mir weggelaufen war – ist, sie ist es ja immer noch. Vorgestern wurde sie achtunddreißig Jahre alt ... Hm – Und da mußte ich mir eine Peitsche machen, eine ganz lange, die von Città morta bis in ihr Haus nach Deutschland reichte. Bei Tag und bei Nacht mußte ich sie treffen mit dem dünnen, scharf schmickenden Ende dieser Peitsche. Diese Peitsche, die meine – mein Herz mir anfertigte, bestand aus einem Stiel: das war mein Stolz; bestand aus einer Schlaufe: das war meine Hartnäckigkeit; und sie hatte einen langen Riemen: das war meine Wut, und vorne dran war ein kleiner starker Bindfaden, das nennt man die Schmicke und war nur angebunden: das war mein Theater von Gleichgültigkeit. Haben Sie jetzt verstanden? Ich bot Reinhold an, er solle mich Kätta als Taufpaten des Kindes vorschlagen. Das mußte schmicken, daß sie in die Höhe sprang, natürlich ohne daß Reinhold etwas merkte. Ich behielt Reinhold als Freund bei. Ich nahm ihn bei mir auf. Ich hatte sogar vor, Kätta einzuladen, wenn er es gestattet hätte; und er war seiner Sache so sicher, daß er mir seine ›liebe Kätta‹ ganz gewiß in das Haus gebracht hätte, wo er sie mir entwendete, der Dieb! Verstehen Sie mich bitte! Wir haben ja alle etwas vom andern Geschlecht in uns, die Frau hat Männliches, der Mann Weibliches; zumindest haben wir so viel vom andern Pol, um zu wissen, wie man ihm auf die beste Weise wehtun kann. Fast wäre mir mein Theater der Gleichgültigkeit geglückt, fast! Aber dieser Denknarziß, dieses Ungetüm von Ahnungslosigkeit und Anmaßung brachte mich dann doch zu Fall; ich zeigte mich vor Kätta nackt, elend und verlassen in dem Augenblick, als ich ihren Mann angriff. Und diese heiligen Mistdrechsler sind daran schuld!«

Bei den letzten Worten schnappte ich schnell und heimlich nach Atem, um nicht von dieser unerwarteten Huhlschen Wendung in ein lautes Lachen fortgerissen zu werden. Hinter mir hörte ich den Mythologen sich seltsam umständlich schneuzen.

Huhl fuhr in müdem Grimme fort: »Ja, diese Biester brachten mich auf den verrückten, saudummen Einfall, tätlich zu werden. Da stieg er den Berg hinauf«, Huhl machte mit dem Kopf eine nebensächliche Bewegung, »immer fünfzig Meter säuberlich von mir getrennt; ich mochte seine Nachbarschaft nicht. Ich fiel aus der vorgenommenen Rolle und krauchte, den Kopf so denkerisch gesenkt wie er, hier den Berg hinan. Und da sah ich denn so eine Kompanie Käfer ihr Bällchen bergan rollen. Ich mußte ihnen zugucken, und ich dachte: die haben es auch nicht leicht. Ich trocknete mir den Schweiß, so über die Karawane gebeugt, und überlegte, wo die Käfer heute wohl noch hinwollten. Über der Frage nach dem Bestimmungsort kam mir die andere nach dem Frachtgut. Und da fiel mir ein, was ich gehört hatte: aha, das sind also die berühmten Mistbällchen, in welchen diese Tierchen ihre Eier, ihre Zucht und Zukunft bewahren, ihre Nachkommenschaft! Verdammt, ich hob den Kopf, ich mußte ihn heben, und blickte aufwärts. Der da oben ging, konnte an seinen Hosen von fern her als Mann konstatiert werden, ich konstatierte ihn als Kättas Mann. Das war also meine Ablösung bei Kätta. Gestatten Sie bitte diese Denkzusammenhänge: ich meine den Sprung von den Käfern zu meiner Nachkommenschaft. Unser Denken verläuft ja selten in den Regeln des guten Tones, es ist auch darum wahrhaftiger. Außerdem die Eier eines Käfers und die eines menschlichen Weibes stehen in einem besseren Zusammenhang als etwa –«

Huhl bemerkte, daß ihn meine Frau unterbrechen und auf die Fährte seiner Erzählung bringen wollte, aber er winkte kurz ab. »Lassen Sie nur, Frau Aglaia, ich bleibe bei der Sache. Also, am Tag, ehe wir auf den Berg stiegen, kam er spät in der Nacht zu mir. Er hatte unter seinem Moskitonetz auf der Terrasse gearbeitet. Nun war er fertig und so mit dem All geeint, so glücklich und aufgeschlossen, daß er an mein Bett trat und mich weckte, ein Zeichen übrigens ganz roher Menschen, die einen andern aus dem Schlaf reißen, weil es sie gerade nach einem Schwätzchen gelüstet. Man muß sich nun vorstellen: ich lag in einem sehr breiten Bett, wo ich vor einem halben Jahr nicht allein gelegen hatte. Reinhold wußte das sehr gut, aber sein Wissen störte ihn nie. Verzeihen Sie, Frau Aglaia, Sie sehen, daß ich bei der Sache bleibe. Er sagte also in einem gewissen Zusammenhang: ›Ja, Ulrich, du bist ja soviel gesünder als ich!‹ Gesünder, das heißt hier in seinem sanften Munde: brutaler, gewöhnlicher. Gesund heißt sogar ungeistig. Ich sei also gesund, sagte er, nannte meinen Schlaf phänomenal, er adelte mich geradezu zum Philosophen, indem er sagte: ›Weißt du, wer könnte dir das nachmachen, in demselben Bett, in welchem sie mit dir ruhte, zu schlafen und zu ihrem Mann nun freundschaftlich zu sprechen. Das *ist* Philosophie!‹ Das ›ist‹ zischte ihm so begeistert durch die Zähne, daß ich das Gesäß einzog und mit einem Ruck mich aufrecht hinsetzte. Ich glaubte, das Ganze sei ein grotesker Traum. Ich begann krampfhaft zu lachen, ich lachte minutenlang, er lächelte mit. Zum Schluß sagte er: ›Nicht wahr, lustig, wenn ich dich einen Philosophen nenne!‹ Ich nickte nur und legte mich wieder hin. Die Situation zwischen Reinhold auf der Bettkante und mir im Bett war etwa gleich dieser: ein altes Weib putzt einem Krokodil die Zähne, glaubt aber zu träumen, sie putze ihr eigenes Gebiß im Zahnglas unter der Wasserleitung. Eine Situation also, die jeden Augenblick sehr ernst werden kann. Sie wurde es aber nicht. Die Bestie in mir ließ sich die Zähne putzen, das heißt: ich ließ mich kitzeln, ließ mich an all meinen wunden Stellen von diesem eifrigen Schwätzer bekribbeln und betasten. Ich genoß das Schwanken zwischen Empörung und lähmendem Staunen. Jeder nächste Augenblick konnte mich hochreißen. Doch sofort malte ich mir das Entsetzen des Weibleins auf meiner Bettkante aus. ›Wie, ist das denn Ernst? Ist das Ganze kein Traum, kein einzigartiger Traum von Freundschaft und Liebe?‹ Er wäre sentimental geworden: ›Habe ich dir nicht das Zarteste zwischen mir und Kätta anvertraut?‹ Gewiß, auch das tat er, das heißt, er sprach von dem Druck der körperlichen Gesetzmäßigkeiten, von der bitteren Verwurzelung des autonomen Geistes im Weibe als in einer Heteronomie! Er sprach von den daraus resultierenden Bedürfnissen! Er nannte die Liebe übrigens schon früher einmal in einer Reihe mit Essen, Trinken, Schlafen. Man kann sich gut vorstellen, *wie* er diesen im Weibe verwurzelten Bedürfnissen nachkam, wenn man ihn essen sah. Hätte ich früher gewußt, wie er den holdesten Bissen ohne Inbrunst verschlang, er wäre mir nie so nahe gekommen.

Wir lernten uns zufällig im Kriege kennen und schrieben uns plötzlich; er schrieb so gerne Briefe, die mir übrigens gefielen. Mitten im Dreck des Grabens einen Satz von Heraklit oder Boethius oder Kant zu hören, das war mir wie eine Verzauberung. Essen sah ich ihn später eigentlich nur ein paarmal: in Garküchen und aus dem Butterbrotpapier. Als er mich und Kätta in Città morta besuchen kam, setzte ich ihm, ich glaube, Moränen vor. Und Kalbsragout, sogar hübsch auf Muscheln serviert, das weiß ich noch. Kätta konnte nicht kochen, und so hatte ich sogar die Süßspeise selber gebaut; ich glaube, sie war ausgezeichnet, denn Kätta hatte am Abend Bauchweh, sie war ein lüsternes Persönchen. Wissen

Sie, worüber er während der ganzen Mahlzeit sprach: daß ihn der Taximann in Neapel übers Ohr gehauen habe. Dann kam das Thema auf Falschmünzerei, und, wie immer logisch, war er mit einem kleinen Sprung bei seiner geliebten Erkenntniskritik. Das Essen fiel unter den Tisch. Er schlang und wurde voll. Seit dieser Mahlzeit hatte seine philosophische Autorität bei mir einen Riß. Ich bin empfindlich, gewiß, aber soll man gegen eine Barbarei solchen Schlages unempfindlich sein? Wie begreiflich, daß dieser Mann in seiner verpappdeckelten Seele das furchtbare Geständnis über ›die eheliche Pflicht‹, so sagte er, ablegen konnte, alles an jenem Abend, im Rachen des Krokodils: ›Weißt du, Ulrich, der Vorgang erniedrigt mich jedesmal. Ich finde ihn lächerlich. Nur Mitleid mit Kätta läßt meinen Geist unter diesem Joch der Notdurft hindurchgehen.‹ Ich sage Ihnen, das Krokodil zitterte, aber das alte Weib glaubte mit seinem eigenen Gebiß beschäftigt zu sein, was konnte man da tun. Ich gähnte und sagte: ›Ich bin müde!‹ Aber er ging noch lange nicht. Das war Kättas Mann, der mich um ihren Schoß betrogen hatte. Von meiner Schuld rede ich später, von meiner Schuld, daß ich Kätta gehen ließ, daß ich sie nicht noch unter der Tür packte, ins Haus schleppte und sie übers Knie legte wie ein kleines Mädchen, und daß ich mir dann nicht selber Ohrfeigen gab! Wir hatten beide, Kätta und ich, wir hatten beide richtige Prügel verdient, mit so einem Stock, sehen Sie. Aber nie ist einer da, der im richtigen Augenblick dreinschlägt.«

Huhl hieb indem mit dem Spazierstock auf einen Stein, es gab ein kurzes hölzernes Splittern. Ich hätte ihn wohl nie für mich und meine Frau zum

Dreinschlagen im richtigen Augenblick bestellt ...
»Teufel auch, zu spät!« stöhnte er kurz, »die Krücke
heb' ich mir aber auf. Doch jetzt gehen wir nach
Hause! Und was nun die mistigen Käfer betrifft,
Frau Aglaia, wie, jetzt können Sie doch verstehen,
daß diese eifrigen Transporteure ihrer Fruchtbar-
keit mir die Galle hochsteigen lassen. Denn sie sind
wirklich schuld an meinem Entschluß. Man denkt
in solchen Augenblicken gar nicht mehr oder doch
so einfach, daß der Gedanke zum Bild wird. Ich
hatte plötzlich auch ein Bällchen den Berg hinauf-
zurollen. Und da war auch etwas ungeheuer Leben-
diges drin: nämlich die Absicht, diesen reinen Geist
an meiner Seite vom Joche des Fleisches zu erlösen.
Wie dumm, wie saudumm! Stellt euch Kätta vor,
als sie diese Nachricht bekam. Natürlich wird sie auf
mich geschimpft haben in Reinholds Gegenwart:
›Dieser Rohling, pfui! Ein gemeiner Mörder! Überdies dich auch noch von hinten zu stoßen! Aber der
ist ja wahnsinnig, Reinhold, der war ja schon immer wahnsinnig!‹ Im stillen aber dachte sie: ei, sieh
mal an! Der Ulrich ist eifersüchtig. Immer noch.
Und wollte den Taufpaten spielen. Der eingebildete
Trottel! – Oder Frau Aglaia, was dächten Sie?«

Meine Frau schüttelte nur kurz den Kopf. Endlich sagte sie: »Ich denke, daß es auch für die Frauen
kein Kursbuch der Gedanken gibt, wiewohl«, sie
blickte Huhl kurz von der Seite an, »ich glaube,
daß Kätta doch so ähnlich dachte, so ähnlich, vielleicht aber noch ein bißchen erschrockener! – So angenehm erschrocken, wissen Sie.« Huhl schnaufte:
»Was hab' ich davon! Er hinkt, und sie ist seine
Frau. Diese Nachricht, daß er hinkt, bekam ich zufällig, nicht von Kätta und noch weniger von ihm.

44

Von einem seiner philosophischen Schüler, der hier in Città morta in der Sonne herumlief, schwermütig und schief und unstet, wie ein Strandwolf! Ein rechter Schüler des Reinhold Latten.«

Wir spürten, da wir nun hinabstiegen, die Schwüle, die an dem Berghang lag, noch stärker. Die Häuserwürfel standen in geometrischer Starrheit gegen das Meer, Kristalle, aber aus einer Mutterlauge gebildet, in welche die müdesten und grellsten Mittagsträume und der Schweiß und die Ängste von Generationen geflossen schienen. Wir hörten, wenn wir still standen und lauschten, die Brandung leise bis zu uns herauf donnern, diese eigenartige Schirokkobrandung, die, kurz und nervös anschlagend, die Küste säumte mit einem Schaumkranz, in dessen Farbe das wilde Augenweiß des Meeres blitzte.

Huhl war schnell bis zu den ersten Häusern hinabgestiegen. Wir sprachen untereinander kein Wort.

Oben im Ort, wo unsere Wege sich hätten trennen müssen, erwartete er uns, schob uns in die sogenannte Bar, ein unbequemes, kleines Lokal, wo man Wein, Spirituosen und Kaffee erhielt. Er hatte für uns Espresso bestellt und Kognak, alles stand bereit. Er lud uns nur mit der Hand ein. Als wir uns gestärkt hatten, sagte er: »Kommen Sie mit zu mir! Ich habe nie Gäste, aber ich bewirte Sie ja schon mit meiner Geschichte, da ist es nur schicklich und ein Übriges, nicht wahr! Wir wollen essen und fröhlich sein!«

Von Huhls Haus kannte ich nur diesen auffällig kahlen Empfangsraum. Dort legten wir unsere Sachen und Hüte auf den Tisch. Huhl erschien aus einer Tür im Hintergrund dieses kleinen Zimmers: »Kommen Sie, machen Sie sich frisch. Einer nach

45

dem andern!« Und er half zuerst umständlich meiner Frau. Dann folgte er meinem Freund ins Waschzimmer und bediente ihn, während wir auf der Terrasse warteten. Als er seine Dienste auch mir erwiesen hatte, führte er uns zunächst in sein Studierzimmer. Die Räume lagen alle nebeneinander, und die Tür eines jeden ging auf die mit blauweißen Fliesen belegte geräumige Terrasse. Er stellte uns schweigend kleine Gläser auf den niedrigen Tisch, schüttete uns einen »Antischirokko« ein, den er selbst gebraut hatte, und verschwand darauf in die Küche im unteren Stockwerk. Wir blickten, kaum daß wir allein waren, einander kurz in die Augen. Es lag etwas wie ein kindlicher Triumph darin, zugleich Erwartung und eine ein wenig ungelenke Feierlichkeit. Schließlich wagten wir, unauffällig, als wäre Huhl zugegen, in dem Zimmer umherzublicken.

Wie in den meisten der im mediterranen Inselstil erbauten Häuser von Città morta wölbte sich eine vierzwicklige Kuppel über unseren Köpfen. Diese Kuppel kann selbst den oft stallhaft einfachen Räumen dieser Häuser eine Würde und Weite geben, deren angenehme Wirkung auf den Bewohner wohl noch einem Blinden erfahrbar sein dürfte. Zudem ist ein solcher Raum ungemein klar: die Wände stehen, wenn nicht gerade Stadtseelen aus dem Norden oder italienische Kleinbürger sie mit Tapeten überkleistern, nackt und weißgekälkt da, und die wenigen Möbel – bei Huhl waren sie aus dunklem Holze – zeichnen sich in ihren Maßen deutlich ab.

In Huhls Hause entdeckten wir kein elektrisches Licht. An den weißen Wänden hingen Kerzenleuchter. Desgleichen standen auf seinem dickbohligen Schreibtisch einige aus Schmiedeeisen. Es lag aber keinerlei Affektiertheit in dieser schlichten, zeitabgewandten Einrichtung, die aus einem nicht sehr großen Büchergestell, einer Truhe, dem Schreibtisch und einer Sitzecke bestand.

»Warum er wohl so viele behagliche Sessel aufgestellt hat, wenn er doch nie Besuch empfängt«, flüsterte mein Freund.

»Für uns seit Jahren hergerichtet«, meinte meine Frau. Wir wurden zutraulicher.

Ich erhob mich und ging zu dem Bücherregal. In einem solchen Gang liegt eigentlich eine von dem Fremden für sich in Anspruch genommene Vertraulichkeit, die weit größer ist als jene von seiten der Hausfrau dargebotene, wenn sie dem Besucher das Schlafzimmer zeigt. Aber Huhl hatte uns an diesem Tage soviel Vertraulichkeit erwiesen, daß ich nicht das Gefühl hatte, eine Indiskretion zu begehen. Das Büchergestell war niedrig, kaum anderthalb Meter hoch, zog sich aber an der ganzen Wand entlang. Was mir auf den ersten Blick auffiel, war, daß einzelne Werke von Kant, Schelling und Hegel dastanden, – ich glaubte, laut auflachen zu müssen. Daneben Spinoza, Giordano Bruno, ein Band der Summa, die ich aufschlug, lateinisch: Quaestio I. De Sacra doctrina. Qualis sit, et ad quae se extendat. – Platon, sehr abgegriffen, in Schweinsleder; die Vorsokratiker in einem Band vereinigt, die Biblia sacra, Meister Ekkehart, Plotin, Boethius, Carus, Troxler. Dann folgte, als Buchstütze flachgelegt, ein dickleibiger Band Voltaire, von hier an standen Geschichte und Kulturgeschichte: mittendrin neben dem ganzen Jacob Burckhardt war ein Band Nietzsche, Die Geburt der Tragödie, eingekeilt. Nahe am Schreibtisch, in Griffnähe, standen viele Bände Lyrik, Essays, Romane, meist Franzosen, Engländer und Russen. Ich folgte nun den Titeln der mittleren Reihe. Zum großen Teil waren es Nachschlagewerke: Enzyklopädien, Lexika, Monographien, von den letzteren waren besonders vertreten die Quattrocentisten, das spanische Barock und die französischen Maler um die Jahrhundertwende.

Mein Blick richtete sich nun auf die unterste Reihe, deren gleichmäßige Rücken von ein und demselben und zwar sehr primitiven Buchbinder stammen mußten. Die Schildchen, deren Lettern den Eindruck des Gedruckten erwecken sollten, waren gezeichnet, und nun, als ich den ersten dieser Titel las, mußte ich wirklich auflachen. »Leichtgeschriebene Anleitung zur Herstellung einer Arche, von Ulrich Gänsemann«. Ich schlug das Buch mit einer Eile auf, in der mein unerlaubtes Eindringen sich mir bemerklich machte. Da gab es also das übliche Vorsatzblatt, es folgte das leere und auf der folgenden Seite die Wiederholung des Titels und darunter: »oder Wie rette ich mich vor der Sintflut der Tinte«. Unten stand alles in zierlich nachgeahmtem Antiquadruck: ›1. Auflage, Sonderdruck, Erschienen bei Noah und Bacchos‹. Sehr neugierig wollte ich nun zu lesen beginnen, die nächste Seite war leer und die übernächste ebenso; ich glaubte, den »Gefrorenen« hinter meinem Rücken lachen zu hören, – er hatte mich gefoppt, ohne es zu wollen.

Dennoch griff ich nach dem nächsten Band. Titel: »Meinungen und Deinungen«, Untertitel: »Von dem zu entrichtenden Zinsgroschen an die weltliche und geistliche und philosophische Obrigkeit, an die Aufputzfrau und sonstige Lebenspartner«. Gleich auf der folgenden Seite stand in der nachgeahmten

Druckschrift ein Absatz, der – Huhl ließ mich später so häufig an seine Bibliothek, als ich wollte – so lautete: »Wenn die Menschen eingeständen, daß sie samt und sonders Egoisten sind, rückte dieses Wort aus dem Dunkel wie ein Seuchebazillus unters Mikroskop. Das Wort bleibt eines der gemeinsten Schimpfwörter, es ist wie eine Taschenlampe, die man in der allgemeinen Dunkelheit auf den andern richtet, ihn blendet, preisgibt und seinen Schatten riesengroß an die Wand wirft. Was wollt ihr? Ich, Ulrich Gänsemann, Verfasser obiger Aussprüche, bin es gerne; bleibt mir, wo ihr seid. Wenn ich einen Menschen brauche, finde ich ihn schon; und wer mich wirklich braucht, findet mich und findet mich ganz. Ich kann warten, ihr Flöhe, ich heiße Gänsemann und bin ein Aristokrat – auf die Weise, wie meine Katzen es sind. Über den Zinsgroschen, den ich zu geben habe, ein bißchen mehr unten, alles im Detail. Doch soviel jetzt schon: ich bin der Zinsgroschen selber, mehr hab' ich nicht. Aber ich gebe diesen Groschen, wenn ich den ihm entsprechenden Wert zurückerhalte. Ihr habt alle nicht mehr zu geben. Jedoch die meisten von euch fälschen diesen Groschen und geben ihn breitmaulig tausendmal her und lachen sich ins Fäustchen.« Hier endete das dickleibige Buch.

Wie unter einem Zwang griff ich zum nächsten: »Der Engel des Bileam« oder »Was die Philosophen nicht sehen, sieht die arme Seele«. Ich blätterte, das Buch war mit flüchtig hingesäten Lettern fast zur Hälfte vollgeschrieben. Es begann mit den Worten: »Schreie, meine Seele! Kannst du auch nicht sprechen, jene, die dich führen und bedrücken, sind auch nur Stammler. Sie kamen tausendfach von Jugend an, jeder versprach dir den guten Pfad, das richtige Ziel. Aber noch mit jedem langtest du an vor der steilen Wand, wo der Weg aufhörte. Der Engel, der uns die Augen für die Grenzen und den Sinn für das Mögliche öffnet, heißt nicht Verstand, er hat drei Namen: Glaube, Hoffnung, Liebe; im Alltag heißt er einfach Geduld. Den Stummen gibt er das Wort, den Demütigen Weisheit; den Tollwütigen, die ihn nicht gewahren, brennt er mit seinem Feuerschwert die Augen aus. Jede Philosophie begegnet ihm irgendwo und empfängt durch seine Begegnung Gnade oder Gericht. Und die Schulphilosophie? Ich meine die Vorbereitung auf das Doktorexamen? Hier kommen keine Engel vor, und es ist ja auch gut so. Wozu aber dann dieser Aufwand? Meine Herren Professoren, ein Vorschlag: macht wieder ehrliche Schulen der Rhetorik auf, lehrt eure Schüler das bißchen Dialektik, um sich fein und artig zanken zu können, kultiviert den Gestus, veredelt den Klang des gesprochenen Wortes, wie gesagt: werdet brave Lehrer der Rhetorik. So könntet ihr Menschen entlassen mit einem angenehmen Sprechorgan, mit klarem Denken und guter Figur. Die ihr aber heute noch als eure Schüler entlaßt, haben keine andere Möglichkeit, als so zu werden wie ihr, oder euch möglichst bald abzuschütteln, zu vergessen.

Wie seltsam! Einst waren die Philosophen brauchbare Leute, Berater von Staatsmännern, die eigentlichen Erzieher des Volkes, Wanderer durch die Welt, Magier, Propheten, Dichter! Ihr aber seid mit wenigen Ausnahmen das geworden, was man einen ordentlichen Professor der Philosophie nennt. Ihr haltet Vorlesungen, reden könnt ihr nicht mehr; ihr schreibt, aber was ihr denkt, will in keiner Sprache sich mehr spiegeln. Die Sprache ist wie ein Weib, das euch flieht, weil ihr krank und häßlich geworden seid.«

Ich las nicht weiter, es kamen allerlei Überschriften, eine hielt meinen Blick fest. »Sünde wider den Engel, nämlich der klar erkannte Widerstand gegen die Wahrheit. Ich, Gänsemann, erkläre: wenn ich die Macht hätte, ließe ich jenen gewissen Professor X. Y. enthaupten. Er hat nämlich in seinem Wörterbuch der Philosophie (es folgten mit genauen Angaben Verlag und Erscheinungsjahr) Goethe als Zeugen gegen die Unsterblichkeitslehre angerufen. Er zitiert einen mit Absicht mißdeuteten Satz des Dichters, wo dieser sich gegen Altweiberansichten in der Ausmalung des Jenseits wendet. Der Professor Y., der den großen Zeugen gewiß gut kannte, hätte tausend Gegenzeugnisse bei ihm gefunden. Es liegt also folgendes Verbrechen vor:

1. eine Herabwürdigung eines der übersinnlichsten (und Gott sei Dank auch sinnlichsten!) Denker und Seher zum Verfechter des menschlichen Eintagsfliegentums;

2. eine absichtliche Irreführung und böswillige Täuschung der zur Annahme der Wahrheit bereiten Menschen;

3. eine Stützung des eigenen sinnlosen Weltbildes (Herr Prof. Y. ist nie über einen überdies auch noch verstümmelten Epikur hinausgekommen) durch erlistete Zeugenschaft eines Großen, der sich nicht verteidigen kann (weshalb es hier geschieht).«

Um die Zeit zu nützen – Huhl mußte jeden Augenblick zurückkehren –, öffnete ich flüchtig die Reihe der anderen Bücher. Da gab es allerlei seltsame Titel, unter anderem las ich: »Zungensalat für die Jugend nach dem epochemachenden Werk ›Die Opportunen‹ von Gentile Prospero neubearbeitet und leicht verständlich gemacht mit Reimsprüchen, Beispielen und Bildern von Ulrich Gänsemann«. »Habakuk oder über die Gier nach dem Mus der fett- und zufriedenmachenden Worte nebst einer Anleitung, dieses Mus anderen richtig zu bereiten und hübsch zu servieren. (Bei Verdauungsstörung siehe Anhang.)« »Das Gaswerk, eine Philosophie des Nützlichen mit den immer gleich geschmackvollen melancholischen Zierleisten«. »Die Welt als Geduldsspiel, eine langweilige, unnütze und überflüssige Diskussion mit einem Atheisten«.

Ich empfand Huhls langsamen Schritt auf der Terrasse als eine Störung.

Er bat zu Tisch. Wir gingen über die Terrassentreppe hinunter. Welchen Weg ins Speisezimmer er denn nehme, wenn es regne, fragte meine Frau. Wir standen im Garten. Huhl wies gegen sein Schlafzimmer im ersten Stock, von da gehe eine eiserne Wendeltreppe – »in diesen Raum da!« Wir sahen sofort an dem großen Fenster, das mit einem Vorhang zum Teil verhangen war, daß »dieser Raum« Huhls Atelier darstellte. Aber keiner von uns stellte eine weitere Frage; wenn er seine Werkstatt nicht beim rechten Namen nennen wollte, mußte er wohl seinen Grund dazu haben.

Die Sonne stand schon hinter dem nahen westlichen Monte Commune, aber es war noch hell in Huhls Garten. Die Hausfront mit dem Arkadengang, der die Terrasse vor den Zimmern des ersten Stockes trug, war frisch getüncht: vor drei Tagen habe er sich selber darangegeben, erklärte Huhl, den fast geleerten Kalkeimer schmunzelnd in die Höhe hebend.

Ich weiß nicht, was mich in diesem Augenblick daran erinnerte, daß er einmal auf dem Heimweg, glaub' ich, gesagt hatte, Kätta habe vor drei Tagen Geburtstag gehabt; vielleicht war es die Bewegung, mit der er den Kalkeimer wieder in einer verhaltenen, hilflosen Schwermut hinsetzte und den zwei kalkbespritzten Holzpantoffeln daneben einen Tritt gab, daß sie über das Ziegelsteinpflaster hinschurrten. Huhl blickte in verlorenem Sinnen den zwei tiefschwarzen Katzen nach, die mit unwillig kurzem Satz den Holzschuhen zuerst geschickt auswichen, die klobigen Störenfriede kaum eines Blickes würdigten, sondern fragend gegen Huhl die gelben Augenblätter richteten – und dann ihm und uns den Rücken zukehrten. Huhl lächelte: »So etwas von aristokratischem Wesen, wie Gloria und Viktoria es an den Tag legen, meine Herrschaften, das ist rar geworden in unserer Welt. Passen Sie auf! Wenn ich diese schwarzen Trotzköpfe jetzt locke, – sie warten nur darauf, sehen Sie, – dann zeigen sie mir die blanke Linse. Achtung!« Huhl streckte mit einer so verführerischen Zärtlichkeit und schmiegsamen Eleganz die Hand hin, daß ich ebenso verwundert von dieser Huhlschen Möglichkeit wie von ihrem vorausgesagten Ergebnis war. Die Katzen standen einen Augenblick nebeneinander, dann kehrten sie sich so gleichzeitig um, daß ihre Köpfe aneinander stießen – und liefen in einem wippelnden Trab davon, beide die Schwänze kerzengerade hochgerichtet.

»Ja«, Huhl nickte in ernster Vergnügtheit, »und so behandelt man mich hier in diesem Hause!« Bei den letzten Worten blickte er uns fragend an: »Wie gefällt Ihnen mein Kastell?« Und er begann zu erklären: »Oben Schlafzimmer, Arbeitszimmer, Vorzimmer, darunter in derselben Reihenfolge: Ja, dieser Raum da, das Eßzimmer und die Küche!« Das Atelier sprang in der Achsenrichtung des Hauses noch ein Stück weiter in den Garten und trug auf seinem Dach die Terrasse des Schlafzimmers, die mit der schmäleren Terrasse, die vor dem Hause entlang lief, verbunden war.

Wir fanden im Eßzimmer einen großen dickbohligen Tisch, auf dessen braunem Holz die Teller auf kleinen grünkarierten Servietten standen. Die Wände waren mit Regalen bedeckt, auf welchen die Teller: ganz große, mittlere und kleinere standen. Huhl erklärte schmunzelnd, ja, da seien die Teller für 365 Tage unterzubringen gewesen, er esse nämlich jeden Tag von einem andern, der Abwechslung wegen ... Die Anzahl der Platten habe er nach den Wochen berechnet. Er wisse also stets am Muster des Tellers und an der Art der Platte, wo im Jahr er stehe, einen Kalender brauche er auf diese Weise nicht. Gäste habe er nie, außer einem italienischen Herrn aus Neapel, der sich um seine Sachen bekümmere, »um meine Sachen, die ich verkaufen lasse durch ihn; ich muß leben, verstehen Sie?«

Was konnten wir uns unter »meinen Sachen« vorstellen? Doch fragten wir nicht, denn wir waren nun schon sicher, daß Huhl, wenn er wieder im Erzählen wäre, auch diese großbohlige Tür uns wenigstens in Worten öffnen und uns seine Arbeiten zeigen werde.

Huhl saß am Kopfende des Tisches, zur Rechten meine Frau, ich zur Linken, der Mythologe saß ihm gegenüber, sie waren weit genug voneinander ent-

fernt. Huhl schob einen Serviertisch herein, und
dann machte er den Wirt auf eine gewichtige behä-
bige Weise, die einen Überfluß an Behagen ausdrückte und in uns übergehen ließ – mit jedem Bissen, mit jedem Schluck aus den Majolikabechern.
Er entschuldigte sich für das Fehlen der Gläser,
»aber Gläser kann ich nicht herstellen, verstehen Sie!«

Wir verstanden es natürlich nicht, aber wir warteten. Huhl hatte in seiner kurzen Abwesenheit,
während wir im Studio warteten, eine Fischmayonn-
aise geschlagen, Schnitzel gebraten und Salat an-
gemacht. Das Brot stand geschnitten in einem großen Korb auf dem Tisch. Er mußte einen Jungen in
den Ort gejagt haben, denn unmöglich konnte er
für sich soviel Vorräte im Hause halten. Um so be-
wunderungswürdiger war die Sorgfalt, mit der alles
nicht nur zubereitet, sondern auch auf den Tisch gebracht war.

Meine Frau drückte ihre Verwunderung darüber
aus. Huhl sagte, beinahe leise: »Danke, das tut mir
wohl. Sehen Sie, ich koche immer nur für mich selber, das Kochen ist aber eigentlich« – er lächelte –
»eine ausgesprochen zärtliche und selbstlose Handlung, die allerdings wieder angesichts verständiger
Esser für den Koch zu einem Selbstgenuß wird. Aus
diesem Kreislauf: über die andern zu sich selbst zurück findet der Mensch nicht heraus.«

Als wir beim Käse angelangt waren, fiel zum
erstenmal das Wort Reinhold. Huhl erzählte, wie
er, um den stets gleichgültig Schlingenden »dranzu-
kriegen«, ihm einmal geschnittene rohe Kartoffel
unter die Käseglocke gelegt habe, »es war das in der
zweiten Woche seines Hierseins, und Kätta duldete
den Scherz soeben noch. Eine Woche später hätte

sie ihn in Reinholds Namen übel aufgenommen. Und ob Sie es glauben oder nicht: der schlingende Denker schnitt seinen Kartoffelkäse in Scheibchen, legte eines auf das Brot, schob es in den Mund und sagte so kauend – etwa, ich weiß nicht mehr genau: ›Diese ganze Zahlenspekulation der Pythagoräer geht doch auf eine lächerliche Hypostase von – krach, krach, krach!‹ Er kaute und war bei den Pythagoräern. Sollte ich da nicht lachen dürfen? Er war beleidigt, Kätta schmunzelte trotzdem, es war zwischen ihnen noch nicht so weit. Ja, daß es so weit kommen konnte! Mein Gott, ich begreife es selber nicht!

In diesem Reinhold, den ich zu lieben glaubte, in Wirklichkeit aber bemitleidete, in diesem damals etwa achtunddreißigjährigen Mann war etwas verlorengegangen, das für den Menschen so wesentlich ist wie für den Vogel das Fliegen. In der Definition des Vogels gilt zwar das Fliegen nicht als wesentliche Bestimmung, es ist nur eine Eigenschaft, wie? – und wer den Menschen definiert, redet ja auch nur von einem ich-bewußten Säugetier mit dem wunderbar geschickten Däumling. Von Wurzelkräften« – Huhl blickte lächelnd über den Tisch unsern Freund an, – »spricht gelegentlich so ein Mythologe, Wurzelkräfte! ... Ich meine damit alles, was diesem reinen Geiste Reinhold fehlte. Er schrieb damals an einem Werk, in welchem er – Reinhold Latten – sich erdreistete, die Welt anzuöden mit dem hunderttausendsten Versuch, ob – sagen wir es an einem naheliegenden Beispiel: ob dieses da Käse sei oder nicht. Man kann sein Leben über einem solch schwierigen Thema verdenken, um im letzten Atemzug resigniert bekennen zu müssen, von Käse nichts zu verstehen. Der Käse will nämlich nicht erkannt, sondern gegessen werden, was die Erkenntnistheoretiker aber nicht begreifen wollen! – Voll Enttäuschung darüber, mit dem Käse nicht zu Rande zu kommen, nahm Reinhold nun seinen Denkapparat ganz auseinander. Dabei zersplitterte seine Stirn wie dickes Glas in scharfe Fältchen. Die Sache ist ja auch höchst minutiös. Da passieren Worte mit siebenundzwanzig Silben, der Denklaie wird darüber zum Stotterer, setzt dreimal ab; und hat er das Wort bewältigt, ist die Zunge zerbrochen und der Sinn des Satzes aus der Kutsche des Wortes gepurzelt.

So eine Manuskriptseite von Reinhold ließ Kättas Fröhlichkeit wie Milch gerinnen, vor Ehrfurcht, verständnisloser Ehrfurcht! Ich dagegen bekam jedesmal eine Art von Lachkrampf. ›Wer kann denn so etwas lesen, Reinhold?‹ ›Ja‹, lächelte er dann wehmütig, ›wir machen es uns nicht so einfach wie die Künstler!‹ ›Ah so! Wir machen es uns einfach!‹«

Huhl schlug mit der Faust auf den Tisch, es war, als ob wir um zwanzig Jahre zurückversetzte Zeugen dieses Gespräches wären. »Wir machen es uns einfach?« Huhl nickte grimmig. »Hätte er gesagt: wir Künstler wollten das Einfache und machten es uns deshalb so schwer. Aber diese Kategorie Menschen hat ja die Künste von jeher weit unter ihrem Reich der Wolkenspinnerei eingeordnet. Die Wolken am Himmel des Geistes haben ohne Unterlaß ihre Form verändert. Was blieb denn an wirklich großen Gedanken, seit die Menschen in dieser Richtung zu denken begannen? Ich rede von großen, von bewegenden Gedanken, die uns die Luft der Wahrheit frisch und lebendig hielten. Was uns an brauchbaren Ideen überliefert wurde, ginge in ein durchschnittliches Notizbuch. Was sich aber an philosophischen Schriften bis heute erhielt, verdankt das Weiterleben nicht der Philosophie, sondern einem der Kunst eigenen Umstand: der Form. Die Künstler machen es sich leicht, die Philosophen schwer! Ich habe ihm keine Antwort darauf gegeben. Ich ging in meine Werkstatt. Der da« – Huhl wies mit dem Daumen auf mich – »weiß, was ich meine, was für ein Gefühl das ist, wenn eine Form unter dem Eisen auftaucht, langsam, Stück für Stück. Zum erstenmal tritt es zögernd aus dem Block, von Hammer und Eisen gelockt. Das Bild des Bildes – seine Seele also – ist hier geboren, hier«, Huhl schlug sich auf die Brust, »und dann kommt die Geburt im Fleische, ich wollte sagen, im Stein. Ja, Reinhold, wo ist die Seele deines Bildes? In deinem Kopf. Und wie heißt sie? Zweifel. Und daraus wird ein Ganzes, das heißt: auf fünfhundert Seiten gründlichst und hervorragend gezweifelt. Eine neue Grundlage, die neue Zweifler nicht übersehen dürfen. Denn auch Reinhold hatte keinen Vorläufer im Zweifeln übersehen. Aber das ist das Handwerk. Vierzehn Tage durchwühlt und durchpflügt er einen Vor- oder Nachfolger Kants nach irgendeiner Satzwendung, die, wenn man sie richtig aufpoliert und zum Schillern bringt, etwa die Stütze eines Reinholdischen Haupt- oder Nebensatzes abgeben könnte. Das nannte dieser Mensch Arbeit!«

Huhl blickte, schräg das Gesicht emporgehoben, in die Kuppel; es war, als lauschte er. Langsam fügte er so hinzu: »Ja, und auch Kätta nannte das Arbeit.« Er lächelte nachsichtig: »Naive Naturen sind so. Es gibt auch Männer, die eine Leistung in dem Grade hochschätzen, als sie nichts davon ver-

stehen. Ich zeigte einmal Kätta einen Spinnerei-
betrieb. Der Ingenieur, der uns führte, war ein zu-
fälliger Bekannter von mir. Er hatte einen Web-
stuhl verbessert und außerdem hatte er die Spinne-
rei, die wir besuchten, eingerichtet, eine imposante
Angelegenheit, ohne Zweifel. Kätta erklärte mir,
kaum daß wir auf der Straße standen, – ihre Stimme
bibberte, als wäre sie ein Stahlteilchen an einem der
mechanischen Webstühle, – › ich hätte ihm die Hand
küssen mögen, diesem Koloß !‹ Sie meinte damit den
Ingenieur. Und dieser Mann sah aus wie einer, der
ununterbrochen Scheiben schießt, mit und ohne Ge-
wehr. Aber ich schwieg. Ich wollte Kätta nicht sagen,
daß dieser Koloß eine hunderteinste Verbesserung
auf die hundert seiner Vorgänger aufgepfropft hatte,
und daß nur einer der Erfinder des mechanischen
Webstuhles ist und auch der nicht gerade ein Koloß
war. Ja, ich schwieg. Es hat keinen Sinn, eine Frau
über den Unwert eines andern Mannes, den sie ver-
ehrt, aufzuklären; sie versteht es immer falsch. Sie
denkt sofort, man sehe den Rivalen. Die Frau un-
terschiebt nämlich dem Mann ihre Art zu denken
und zu schließen, was umgekehrt ein Mann schon
einfach aus Überheblichkeit nie tut. Nein, nein,
wirklich, heben Sie nie, meine Herren, auch nicht
den kleinen Finger gegen einen Mann, der für Ihre
Geliebte ein ›Koloß‹ oder ›Geist‹ oder eine ›aristokra-
tische Seele‹ ist. Hoffnungslos! Ich war einmal so
vermessen, es handelte sich damals, wie Sie ja wohl
ahnen, um das Wort ›Geist‹, womit Kätta Reinhold
auszudrücken beliebte.

›Ich komm mir so wunderbar dumm vor, wenn
ich in seinen Manuskriptstößen blättere‹, sagte sie
mir einmal. Ich lachte: ›Wunderbar dumm! Das bist

du auch, wenn dir das, was du nicht verstehst, Eindruck macht.‹ In echt weiblicher Logik versetzte sie schnell, sie mußte das Wort aus den vor ihr liegenden Blättern soeben aufgelesen haben: ›Verstehst du vielleicht etwas vom Gesetz der Trägheit? Und macht es dir nicht deshalb gerade den Eindruck des Geheimnisvollen?‹ Da wurde ich aber richtig wild, ich sagte ihr etwa dies: sie solle das Gesetz der Trägheit und Reinholds Gehirnspülchen nicht in einen Zusammenhang bringen, der einfach lächerlich sei. Reinholds Faseleien seien mir, wenn ich dazu Zeit und Lust verspürte, sehr bald so klar wie eine Seite aus einem fremdsprachigen Lexikon. Doch ebensowenig, wie ich mich angetrieben spürte, Baskisch zu lernen, wollte ich mich jemals mit diesem Reinholdschen Gedankenspezialisierungsapparat befassen. Basta! Wissen Sie, was Kätta darauf erwiderte? ›Ja, Reinhold ist eben ein – Geist!‹ Das ›Reinhold‹ war so betont gesprochen, daß ich fragen mußte: ›Und ich?‹ ›Du!‹ Sie senkte den Kopf, als hätte sie Angst, das Wort zu sagen: ›Du bist – nun – ein Bildhauer, das weißt du doch.‹ Ja, nun wußte ich es also.

Freilich, ich hatte in meiner närrischen Liebe zu Kätta viele unverbesserliche Fehler begangen. In der Liebe passieren die größten, und der größte von allen ist die allzu große Vertraulichkeit. Auch in der Liebe des Künstlers zur Kunst wirkt diese Vertraulichkeit wie Gift, sage ich Ihnen. Ich sprach von meiner Arbeit – und meinte es damals auch wirklich so –, als wäre Weintrinken und Bildhauern so ziemlich ein und dasselbe. Ein Liter guten Weines muß bei rechten Zechern ein schönes Gespräch hergeben und ein guter Block unter den Hieben eines rechten Meisters ein gutes Werk. Diese Parallele sagte Kätta sehr zu. Dabei stimmt beides nicht, nicht einmal das mit dem Wein. Wie gesagt, ich selber stand damals noch mit meiner Kunst und auch mit Kätta auf zu vertrautem Fuß. Ich büßte es bitter. Ich weiß heute, warum Kätta den Satz von Schiller so häufig zitierte. Sie kennen ja den vermaledeiten Satz, zum mindesten vermaledeit wegen seiner Undeutlichkeit: vom ernsten Leben und der heiteren Kunst! Ja, damals war's heiter, sehr heiter, als ich noch so drauflosging, als säße das fertige Werk im Block wie ein fetter Hahn unter einem Korb, den man nur umzustülpen braucht. Das war, weiß Gott, heiter! Kennen Sie die Kunstautomaten? Gegen Einwurf einer gewissen Summe und auf den Ruck am Griff hin kommt mit tödlicher Sicherheit eine Bonbontüte, solange die Ladung reicht. Die Werke solcher Leute sind gleichbleibend auf einer gewissen Höhe, sind schmackhaft und erwecken Freude bei groß und klein. Ich war nie solch ein Automat, aber ich behandelte meine Art des Schaffens so, als wäre ich einer. Ich hatte Spaß an meiner Phantasie, der lässigen Sicherheit meiner Hand, kurz, am Vollzug selber; es funktionierte, wie man das so ausdrückt. Natürlich sah Kätta das deutlicher als ich, denn sie konnte mich ebenso aus der Nähe trinken sehen wie Bilder machen, mich ahnungslosen Tolpatsch! Und Reinhold, ja, er sagte das so voll zweideutiger Bewunderung, zweideutig wie nur diese Wispergräser sich vernehmen lassen können: ›Ja, Ulrich, wenn ich so glücklich wäre und meine Philosophie wie du deine Bilder mit den Händen machen könnte!‹ Mit den Händen? Als ob nicht diese Hände allein schon mehr vom Ganzen wüßten als so ein Reinholdsches Gehirn, prosit! – Ich trinke auf meine begangenen

Fehler. Trinken Sie ruhig mit, bedachtsam und –
begehen Sie nicht dieselben.«

Huhl lächelte, sich mir zuwendend. Es war, soviel
ich mich erinnere, das erste Mal, daß ich auf seinen
festen, fast starren Wangen diesen Ausdruck von
irisierender Weichheit gewahrte. Er setzte den Becher mit der ihm dabei eigenen Vorsicht nieder, als
suchte er dem Gefäß stets aufs neue einen sicheren
Ort. Seine Miene wurde ernsthaft, belehrend, er hob
die Brauen: »Ohne Scherz, mein Lieber, und wenn
Sie nur ein Krümchen Ton aufheben oder Ihre Eisen
schärfen, tun Sie es bei verschlossener Tür. Heiter
ist die Kunst! Das könnte denen so passen, die das
Kunstwerk etwa für ein hübsches Lesezeichen in
ihrem ernsten Buch des Lebens halten. Heiter? Mich
hat das Wort meine Kätta gekostet. Ich hab' nicht
widersprochen, ich lachte bloß, wie ich das so an mir
habe, über Aphorismen und Sprichwörter zu lachen.
Ja, ich habe bloß gelacht. Ich war ja meiner Sache
so sicher: da war Kätta, und da war die Arbeit; und
mit beiden stand ich auf so gutem Fuß, möchte ich
sagen, ach, noch mehr! Die Vertraulichkeit kann
alle Grenzen verwischen, und die Grenzen – sie
machen uns aus.

Zwischen mich und eine Arbeit konnte der Geist
Reinholds nicht treten, aber als es ihm gelungen
war, sich zwischen mich und Kätta zu schieben, da –
da war ich plötzlich kein Bildhauer mehr. Ich meine
das so: ich hatte nichts mehr hier –« Huhl fuhr sich
einmal über Herz- und Magengegend. »Wenn Sie
etwa morgen früh aufwachen und, statt in Ihrer
Sprache, auf chinesisch zu sprechen und auch zu
denken anfingen, dabei aber ganz genau wüßten,
daß Sie noch auf deutsch sich Gute Nacht wünsch-

ten, das wäre wohl ein Gefühl von Überraschung, wie? Bei mir ging es so ähnlich.

Die Sache unseres Auseinandergehens kam Hals über Kopf – und die Folgen ebenso.

Der Bohrwurm Reinhold war auch hier ganz methodisch und wirklich gründlich vorgegangen, das heißt nicht auf die Weise, wie das so meist üblich ist: mit heimlichen Liebesgeständnissen, Briefchen, Küssen hinter der Tür und ähnlichen Kniffen. Er hatte nichts getan als die Rolle des älteren, gesetzten Freundes gespielt. Aber er spielte nicht nur seine Rolle, er machte auch den Regisseur, den Bühnenbildner, den Inspizienten sogar. Auf dieser Bühne bemerkte ich allerlei seltsame Einrichtungen. Da gab es zunächst den dunklen strengen Hintergrund der typisch Reinholdschen Wert- und Wesensschau, vor dem ich mich wahrlich komisch genug ausgenommen haben mag, wenn ich so ausrutschte, stolperte oder gar in die Versenkung fiel. Und das geschah alles, ohne daß ich es ahnte, auf einer Bühne. Stellen Sie sich bitte einen Mann vor, der im Glauben ist, zu Hause in seinem Zimmer zu sein, es sich in jeder Weise gemütlich macht und plötzlich entdeckt: er steht auf der Bühne! Der Vergleich ist mir eine Wohltat, weil er das erbärmliche Schauspiel meiner Niederlage klar und schonungslos zeigt. Solchen Schauspielen, gröberer und feinerer Ausstattung, kann man übrigens häufig beiwohnen: dem widerlichen Schauspiel, daß man einem Ahnungslosen liebevoll zur Selbstdarstellung verhilft, um ihn angesichts einer oder mehrerer Personen zu erledigen, zu überführen, zu skalpieren, abzuhäuten. Was ist dagegen ein handfester Mord! Ich sage, ein handfester! Ein Mensch will einen andern in einen Abgrund stoßen – es muß aber ein richtiger Abgrund sein, ohne Wacholderbäumchen und läppisches Gestrüpp am Hang. Ein Mensch will so etwas tun. Ich sage Ihnen, dazu gehört allerlei. Oder meinen Sie etwa, ein Stoß von hinterrücks sei leicht?

Obwohl mich dieser transzendentale Idealist mit seiner raffinierten Regie vor meiner Geliebten zu einem kolossalen Hampelmann machte und mir darauf die Ernüchterte davontrug – nicht einmal aus Leidenschaft, sondern aus beleidigtem Narzißmus – obwohl nun, sage ich, dieser – doch nein, ich werde rhetorisch, verzeihen Sie, aber es ist so befreiend. Ich wollte sagen: dieser Kerl, dieser reine Geist Reinhold hat wohl noch nie im Leben ein Gefühl von Schuld empfunden. Wie ist das eigentlich möglich? Oder täusche ich mich? Wie ich Ihnen sagte: kein Jahr nach dieser Entführung aus dem Serail kommt dieser philosophische Opernheld – zu mir – als Freund! Er hatte mir überdies Briefe geschrieben – über alles und jedes, auch über Kätta, zum Beispiel, daß sie nicht kochen könne, was mich an Kätta nie gestört hatte, daran bin ich bei Frauen gewöhnt.« Huhl verneigte sich ergeben gegen meine Frau. »Jede Frau ist nämlich auf irgendeinem Gebiet sparsam – die meisten in der Küche, das ist ja auch besser so . . .«

Meine Frau beugte sich vor. Sie schien Huhls letzte Bemerkung nicht gehört zu haben, sie blickte den Erzähler einmal durchdringend an, dann sagte sie: »Ich verstehe Kätta nicht.«

Huhl platzte förmlich heraus: »Ich auch nicht! Ich habe ein ganzes Buch darüber geschrieben, es heißt: ›Katharina oder Über das Urteilsvermögen der Frau, Ein Mysterienspiel‹, das heißt, es existiert nur dieser

Titel.« Huhl ließ den Kopf langsam sinken; ich bemerkte, daß er unsicher lächelte.

»Herr Huhl, Sie sind sonst so anschaulich«, meine Frau beugte sich wieder vor, »aber ich muß Ihnen gestehen: ich weiß nicht, was Sie unter den grotesken Sprüngen und Purzelbäumen verstehen, die Kätta derartig – abstießen.«

Huhl nickte: »Wenn ich auch vom Urteilsvermögen der Frau als von einem Mysterienspiel sprach – über das Urteilsvermögen der Männer ließen sich Tragödien schreiben, nicht nur über das der Philosophen, sehen Sie nur mich an! Ich beurteile zum Beispiel dieses Reinholdsche Gedankenlaboratorium ebenso falsch wie Kätta mich – den Säufer, Rülpser, den Mann ohne Schliff, der häufig sogar seine Fingernägel zu kontrollieren vergaß und vergißt. Lachen Sie bitte nicht, ich bin fest überzeugt, wenn Reinhold gelegentlich das bemerkte, was ich an diesen Fingernägeln leider nicht bemerkte, kam er attentäterisch auf Handausdruckslehre zu sprechen, natürlich um sie als Geisteswissenschaftler zu verhöhnen. Er streckte dann seine schmale Knabenhand aus und sagte etwa: ›Zeig doch mal, Ulrich, dein mittlerer Finger ist bedeutend länger als der erste.‹ Und ich, ahnungslos, streckte meine Hand aus und wollte sie auch schon zurückziehen. ›Ach, macht nichts‹, murmelte er sehr nachsichtig, ›Kätta ist das ja bereits gewöhnt!‹ Kätta schwieg, heute sehe ich sie die Nüstern bewegen, ich sage Nüstern! Ja, diese ihre Nasenflügel waren empfindlicher als Falterflügel. Sie war, das weiß ich heute, ärgerlich auf mich. Solange man liebt, ist man über solche körperlichen Nachlässigkeiten der geliebten Person ärgerlich; im Maße, als die Liebe schwindet, verwandelt sich dieser kleine Ärger in kleines Unbehagen – später in Ekel . . . Die emsig oder wie sagte ich: liebevoll von Reinhold gebohnerten Stellen, seine Stolperinstrumente bestanden in tausend solcher Kleinigkeiten. Sehen Sie, ich liebe den Wein ein wenig übers Maß, auch jetzt wieder – trinken Sie doch! Und wenn ich getrunken habe, rede ich – red ich zuviel, ich weiß es, und nur ein sehr geschickter Partner bringt es fertig, auch einmal zu Worte zu kommen.

In den letzten zwanzig Jahren habe ich allerdings nur selten andere auf diese Weise mit meinem Reden unterjocht . . .

Aber damals, es ist ein ganz häßliches Laster, das weiß ich! Und wenn ich meinem Rausch und meiner Jugend glaubte und das Glas in der Hand alle meine künstlerischen Hoffnungen auf den Tisch sichtbar hinwarf – ich gebe zu: manchmal in prasserischer Lautheit –, dann konnte er eine einzige Bemerkung machen, die durch mein rauschhaftes Schwelgen wie ein sirrender, vergifteter Pfeil drang. Jedoch ich glaubte nie, daß so ein Geschoß mich ernsthaft zum Ziel haben könnte. Es schien mir eine Neckerei, wenn er sagte: ›Ach, Rodin – kein Plastiker? Was du sagst! Rodin malt in Stein? Immerhin Steingemälde, von denen ganz Europa spricht!‹ Darauf rief ich etwa übermütig: ›Vor Bildwerken soll man nicht sprechen, sondern schweigen.‹ Und Reinhold bedeutungsvoll: ›Oh, wollen wir nicht hoffen!‹ Bei solchen Einwürfen kam Kättas Lachen zuerst leicht und spritzend hervor, später verhielt sie es, sie schämte sich der Blößen, die ich Reinhold gab.

Ich war nämlich bei solchen Anlässen, vom Weine gehemmt, noch weniger schlagfertig, als ich es in nüchternem Zustande bin. Ich habe einen Abscheu vor der Schlagfertigkeit, wenn sie nicht aus der Freude am spielerischen Wort steigt. Ich brummele nur, statt zu entgegnen, auch heute noch etwas in den Bart und überlege: ob ich noch einen halben Liter trinken solle oder nicht. Das letzte Wort behalten wollen, ist das Zeichen eines unsicheren Gemütes. Reinhold behielt in allem das letzte Wort. Was für eine Frage auch auftauchte, wenn wir auf unserer Terrasse zu dritt saßen, über dem Meer und unter den Sternen – Kätta zwischen uns, meist schweigsam uns zuhörend: Reinhold hatte immer recht. Einmal überkam mich die Wut, ich glaube, es ging um die herzerschütternde Wichtigkeit, ob der Satz: ›navigare necesse est vivere non est necesse‹ sich am Lloydhause zu Bremen als Inschrift befinde, wie ich behauptete, oder bereits bei dem älteren Cato stehe, wie Reinhold mich sanft korrigierte. Wir hatten, da der Zwischenfall ja nicht vorherzusehen war, weder den Cato noch das Lloydhaus zur Stelle. Doch ich war entschlossen, dies eine Mal nicht zu weichen, ich hatte die Inschrift mit meinen eigenen Augen gesehen – von Cato hatte ich ungebildeter Mensch nie etwas gelesen. Aber Reinhold, der dozierte nun einfach: vielleicht auch am Lloydhause zu Bremen, warum nicht? *Die* kannten ja den großen Cato! ›Außerdem‹– jetzt hättet ihr Reinholds nachsichtige Stimme hören müssen – ›es heißt nicht, wie du dich aus der Sexta noch erinnern müßtest: necessum, sondern necesse est!‹ Ich sprang rot vor Wut in die Höhe – aber ich beherrschte mich, doch nicht ganz. Ich tat nämlich etwas, was man in guter Gesellschaft und zumal in Gegenwart von Damen nicht zu tun pflegt, und sagte hinterdrein, so im Weggehen: ›Das ist die Antwort! Das geht nach keiner Deklination!‹

Reinhold schüttelte den Kopf. Kätta sagte scharf: ›Unerhört, Ulrich, du benimmst dich wie ein Bauernflegel!‹ Ich lachte hoch auf: ›Soviel ich mich erinnere, Bahnmeisterstöchterchen, wir kennen uns von Jugend auf. ... In früherer Zeit nahmst du solche harmlosen Naturlaute nicht so empfindlich auf.‹ Reinhold sagte sanft und diktatorisch: ›Wechseln wir das Thema!‹ Und Kätta: ›Ja, Reinhold, sag mal – was meinst du eigentlich mit tangierendem Phänomen.‹ Sie wies auf eine Manuskriptseite. Ich mußte vor Lachen aufbrüllen. Und so, in kindischem Trotz, das geb' ich zu, rief ich: ›Das Undeklinierbare soeben – das war eines!‹ Verzeihen Sie bitte«, Huhl verbeugte sich sehr ernst gegen meine Frau, »Sie verlangten Einzelheiten, das ist meistens eine peinliche Angelegenheit. Aber das gemeinsame Leben zweier Menschen, die sich gut kennen, hat eine Art von aufsaugendem Grund. Darin verschwinden die Lappalien, die kleinen Ungezogenheiten. Ja, ich glaube, das gemeinsame Leben hat diese Art Vertraulichkeit nötig – es versteht sich, in den Grenzen der Rücksicht, des Respektes vor dem andern. An Haaren im Kamm und ungeniertem Zahnstochern vor dem andern ist noch keine Liebe gescheitert, wenn eines von den beiden nicht gerade hysterisch war. Wie gesagt: es sind menschliche Purzelbäumchen, über die man lacht oder auch nicht lacht – die man hinnimmt aus Liebe. Doch man übertreibe diese Vertraulichkeiten und stelle das Element eines Dritten hinzu, eines Regisseurs in Fußfallen und zugleich eines Zeremonienmeisters in Entgleisungsfragen, und ich sage Ihnen: das Ergebnis ist: ›Nein, Ulrich, es geht nicht mehr so!‹

Mit diesen Worten begann der letzte Akt.

Oft freilich steht eine solche Gesprächseinleitung zwischen Liebenden vor einem neuen Beginn – meistens sogar, aber ich setzte es mir an jenem Abend in den Kopf: das war der Auftakt zum Finale. Ich muß Ihnen hier verraten, daß ich die Veranlagung habe, nie sonderlich auf die wörtliche Mitteilung zu achten, die mir ein Mensch macht. Das geschieht nicht einmal aus der allerdings richtigen Überlegung, daß viele Menschen gerade in den entscheidenden Augenblicken nicht Herr ihrer Worte sind und Phrasen wählen oder stammeln.«

Huhl strich sich einmal über die weiße Weste, er entfernte ein Brotkrümchen und wandte sich dann erst in seiner heftigen Art gegen meinen Freund, den Mythologen, der aus seinem Zuhören emporfuhr mit einer Bewegung des Kopfes, als schüttelte er kurz einen Wassertropfen aus seinem Haar.

Huhl schmunzelte: »Es war nicht Ihr schöner Vortrag über Natur und Mensch; ich war zu sehr Ihrer Meinung, um sonderlich aufzumerken: Ihre Stimme zog mich an. Unterbrechen Sie mich bitte nicht, – höchstens wenn Sie mir eine Antwort auf dies Geheimnis der Stimme zu geben vermögen, ich meine: auf diesen merkwürdigen Befund, daß die Stimme, die doch der Leib, das Außen der gesprochenen Mitteilung ist, das Innerste aussagt – häufig sogar etwas, das dem Inhalt der Worte widerspricht, ihn entlarvt – oder aber ihn weit überflügelt an Mitteilungskraft, ja, das Wort überflüssig macht.«

Huhl preßte die Hände kurz gegen Ohren und Schläfen: »Diese Stimme Kättas – diese lächerliche Phrase tragend: ›Nein, Ulrich, es geht nicht mehr so!‹ – Kättas Stimme war noch immer die eines kleinen Mädchens, sie war damals aber schon großjährig. Ihre Stimme wird immer noch aus dünnem Silber sein. Aber ich hatte, wir standen im Schlafzimmer, die Empfindung, als käme das heitre silberne Geklingel plötzlich blechern und kalt und auch aus einer großen Entfernung. Es war die Stimme eines Weckers unter einem Kissen.

Was eigentlich wieder einmal vorgefallen war, weiß ich nicht mehr. Nur weiß ich noch, daß ich mir soeben das Hemd über den Kopf ziehen wollte. Die Unterhose sah ich vor dem Stuhle liegen, auf dem meine Hose unordentlich hing. Ich ließ, als wäre ein fremdes Weib oder der Postbote in mein Schlafzimmer überraschend eingetreten, das Hemd fallen, dann griff ich nach der Unterhose. Nun erst wandte ich mich Kätta zu. Sie saß noch ganz angezogen auf einem Stuhl. Als ich mich so bekleidet ihr zuwandte, sah ich, wie sie die Augenbrauen hob und zugleich die Schultern, sie blickte mich an und seufzte, ohne es zu wissen. Unvermittelt fiel sie über das Bett, krampfte die Hände in das Kissen und weinte.

Ich wußte wirklich nicht, was ich sagen sollte. Sie hatte angefangen, nun sollte sie die schöne Unterhaltung auch fortsetzen. Ich ging sogar eine Weile auf der Terrasse hin und her, unter der damals mein Atelier gerade fertig geworden war. Das Atelier von früher war zu klein. Ich war sehr stolz auf meinen Neubau – denken Sie, ich war damals ungefähr dreißig, ein paar gute Verkäufe an Amerikaner in Rom und die Billigkeit der Häuser und des Lebens in diesem Ort – nicht wahr, so stand ich auf meines Daches Zinnen als ein sozusagen gutsituierter, hoffnungsvoller Bildhauer. Seit dieser Nacht habe ich eigentlich nichts Rechtes mehr gearbeitet, seit fast zwanzig Jahren – nichts Rechtes mehr ...

Ich kehrte dem Meer den Rücken, es war genau so unheimlich ruhig wie ich. Diese Ruhe, die einen Menschen gerade in diesem Augenblick ausfüllt, wenn es mit einem geliebten Menschen auf irgendeine Weise zu Ende geht: im Abschied der Reise oder des Todes oder der endgültigen Trennung – betrachte ich heute keineswegs mehr mit Verwunderung. Sie ist nicht gleichzusetzen mit plötzlicher Müdigkeit, mit Erschöpfung und Flucht des Bewußtseins. Diese Ruhe, wie Öl auf die Wogen unserer Seele ausgegossen, ist das Werk eines inneren Gleichgewichtssinnes, die Natur will uns sozusagen in Ruhe disponieren lassen, so stellte ich es mir wenigstens vor.

Kätta stand mitten im Zimmer, eine Kerze in der Hand, eine andere Kerze brannte auf einem Schemel neben meinem Bett. Meine Freundin blickte an mir vorbei, über meine Schulter weg. So sagte sie: ›Ich habe nun zwei Jahre mit dir zusammen gelebt – so – unverheiratet –‹ Ich zuckte zusammen, unverheiratet nannte sie unser Leben! Sie fuhr fort: ›Und nicht ein einziges Mal hast du den Wunsch geäußert, ernst zu machen, mich zu –‹ Sie blickte mich jetzt an, und das Wort gelang ihr nicht mehr. Ich muß wirklich sehr entsetzte Augen gemacht haben. Nun war es also gesagt, doch es kam noch mehr im Weggehen. Sie schritt langsam zu unserm Bett, die Kerze in der Hand, sie sagte: ›Auch Reinhold ist der Meinung, daß –‹. Diesen Satz beendete Kätta ebenfalls nicht. Daß ich einen Laut der Wut von mir gegeben hätte, wüßte ich nicht, doch mit Bestimmtheit kann ich sagen, daß ich nichts darauf antwortete. Warum sie ihren Satz also nicht beendete, weiß ich nicht. Sie spürte vielleicht, daß meine plötzliche

Ruhe einen Wutanfall bester Sorte im nächsten Augenblick gegen unsern hausfreundlichen Bohrwurm auf dem Bett im Wohnzimmer unten keineswegs ausschloß.

Endlich ging ich langsam gegen mein Bett, raffte die Laken, das Kopfkissen und die Decke auf, desgleichen meine Kleider, es war ein langzipfliges Bündel, daß ich hochhalten mußte, sehr hoch, um nicht auf seine Enden zu treten und zu stolpern. So stieg ich die eiserne Wendeltreppe hinab, die aus dem Schlafzimmer ins Atelier führt. Die eiserne, mehrfach gewundene Treppenspirale war einer der seltsamsten Wege meines Lebens. Ich gehe sie heute noch manchmal – besonders wenn ich etwas trage – mit fast den gleichen Gefühlen hinunter.

Also – auch Reinhold war der Meinung, daß – – nun, daß ich eine Frau nicht zwei Jahre lieben dürfe, ohne sie zu heiraten. Seltsam, was ich Ihnen nun sage, aber das Wort Heirat hat auf mich eine ausgesprochen unangenehme Wirkung. Vermählung dagegen«, Huhl senkte den Kopf lauschend zur Seite, »das ist ein schönes Wort – leider nur im Anzeigenteil der Zeitung gebraucht. Vermählt war ich ja übrigens mit Kätta, meine ich, aber verheiratet wirklich nicht. Doch hätte ich sie auch geheiratet, warum nicht? Ich hätte mich zu dem mir stets widerlichen Weg auf Ämter und Büros entschlossen, aber nicht ein einziges Mal hatte sie mich daran erinnert. Ich sollte also von mir aus sagen: ›Kätta, komm, wir gehen aufs Municipio!‹ Oder: ›Kätta, laß dir deinen Geburtsschein kommen!‹

Ach, eine Frau, die ein Kind spürt, wenn die kommt: ›Sag mal, lieber Ulrich, wie soll das Kind heißen?‹ Das versteht man, nicht wahr? Aber da kam Reinhold, und im Namen seiner philosophischen Dreifaltigkeit: im Namen des Kant, des Fichte und Hegel erklärte er Kätta: ›Ich bin der Meinung, daß –‹, Gott weiß allein, was für eine Meinung das war, ich habe die beiden nie danach gefragt.

Ich stieg am andern Morgen, nach kurzem lähmendem Schlaf, auf den Monte Sant' Angelo, seit der Zeit tat ich das des öfteren, ich denke dann mit den Beinen, wissen Sie, das ist gesund.

Als ich am Abend zurückkam, fand ich die beiden auf der Terrasse am Tisch sitzen. Sie saßen einander gegenüber, mein Platz war leer, ich meine, sie hatten keinen Stuhl hingestellt. Ich beguckte sie mir lange, von der Treppe draußen konnte man so schön auf die Terrasse schauen, – ich machte später die Strohmatten hin, gegen den Wind, ja! Die beiden sprachen nicht. Kätta schien traurig zu sein, Reinhold hatte in seinen korrekten Mundfalten ein verstecktes Lächeln. Ich rief: ›Herr Huhl nicht zu Hause?‹ Kätta schrak zusammen und blickte zu mir herüber. Reinhold hätte sich, um mich sehen zu können, umwenden müssen, er tat es aber nicht. Er rief nur: ›Wo steckst du den ganzen Tag?‹ Ich rief ebenso, nicht gleichgültig und nicht erregt: ›Ich wollte euch Zeit zur Aussprache geben.‹ Darauf kam keine Antwort.

Ich trat darauf durchs Haus auf die Terrasse. Kätta blickte auf ihren Teller. Ich ging mir einen Stuhl holen, ein bißchen umständlich, das ist wahr. Appetit hatte ich keinen, jedoch einen richtigen Berghunger. Ich aß lange und schweigend. Und dann, mir den Mund abputzend und einen Rülpser künstlich hervorrufend, lehnte ich mich zurück. So sagte ich: ›Und wann reist ihr ab?‹ Kätta stand auf und ging ins Haus. Vielleicht hatte diese meine Frage alles entschieden, vielleicht brach mit ihr eigentlich erst alles in Kätta zusammen. Aber es machte mir Vergnügen, ich glaubte, nicht mein Hirn, sondern mein Rückenmark sei berauscht. Ich war mit kaltem Feuer bis zu den Zähnen angefüllt. Eifersucht? Nein! Der Eifersüchtige erlebt ja seinen Lustschmerz in der Erschütterung seiner Liebe. Meine Liebe aber war ausgerissen, so glaubte ich – ich spürte ein Loch in mir, einen Abgrund, ich hatte keine Mitte mehr, keine Schwere. Kätta, als sie wieder auf die Terrasse kam, den Schal über den schmalen Schultern – es war aber keineswegs kalt! – Kätta, diese da im Schal, das war nur noch ein schönes, blondes, trauriges Mädchen, das demnächst die Ehre hatte, Frau Professor genannt zu werden. Ich gönnte es ihr. Ich glich einem häßlichen Krüppel, der eine Frau ohne Erfolg grüßt und dann mit einem wahren Genuß sieht, wie die Vorüberschreitende ausgleitet und in eine Pfütze fällt. Recht geschieht ihr!

Ich hatte in diesem stillen weißen Ort das Leben mit Kätta wie ein aus dem Meer soeben neugeborenes Wesen angefangen. Ich glich in der ersten Zeit, wenn ich am Strand naß und besonnt lag, wirklich einem prustenden Nilpferd. Aber Kätta liebte das. Sie klatschte mir mit der flachen Hand auf den Brustkorb oder aufs Gesäß, und ohne ein Wort zu finden, schrie sie in die Brandung: ›Hoh – heh!‹ Wir trollten uns nackt auf den sonnigen Fliesen unserer Terrasse, wir schliefen, aßen, tranken Wein, sprangen nachts durch die Treppen des schlafenden Örtchens auf und ab, als wären wir eine Meereswoge, die zu Besuch gekommen ist.

Ich lief damals ziemlich verwahrlost umher, nicht

anders gekleidet als ein Fischer: in Hemd, Hosen und Sandalen; dazu einen Sonnenhut, dessen Größe wir spaßend übertrieben. Als Reinhold uns zum ersten Male besuchte, wirkte er in seiner eleganten Stadtkleidung auf uns sehr ernüchternd. Er ließ sich auch hier die Hosen bügeln, die Kragen stärken, und er hängte seinen Anzug auf den Bügel, wenn er sich einmal hemdsärmelig zu Tisch setzte.

In dieser Zeit brachte mir Kätta aus Neapel ein Dutzend weißer Westen mit. Auf einer Versteigerung hatte sie diese ein wenig veralteten Bauchpanzer entdeckt. Ich trage sie heute noch – diese Seide scheint sich wie eine lebendige Haut zu erneuern, unabnutzbar, wie gewisse Gefühle . . .

Kätta wollte mit diesem ausgefallenen Geschenk auf meinen Geschmack in Anziehfragen erzieherisch wirken – in Wirklichkeit führte sie mich mit diesem Dutzend Altherrenwesten auf einen Abweg von der allgemeinen Linie, wie man wohl sieht. Aber ich trug die Westen, zuerst, weil Kätta sie mir geschenkt hatte; dann, als Kätta davongegangen war – nun, aus demselben Grunde. Außerdem hatten diese weißen Bauchhüllen trotz allem einen erzieherischen Einfluß. Ich neige zu Unachtsamkeit in allen äußeren Stücken. Nun, da Kätta weg war, wurde die Gefahr riesengroß, daß ich verschmuddelte. Da halfen die Westen – beste Seide, wie gesagt: wenn ich einen Sohn hätte, ja – dem könnte man noch Höschen und ähnliches daraus machen, wie?« Huhl wandte sich gegen meine Frau, und da war wieder sein loskollerndes kurzes Lachen, das fast den ganzen Abend ausgeblieben war. Es entstand darauf eine Stille, die immer eintritt, wenn einer allein das Gespräch nährt und dann schweigt. Huhl trank langsam einen Becher Wein aus, meine Frau machte mir ein Zeichen, uns zu verabschieden. Wir saßen noch immer vor dem abgegessenen Abendtisch.

Huhl fuhr sich mit dem Handrücken über den tuffsteinernen Bart und betrachtete die rötliche Weinspur auf seiner Haut. Er begann wieder: »Und wann reist ihr ab? Um seiner Geliebten eine solche Frage stellen zu können, muß man natürlich ein Berserker sein. Vielleicht, daß ich mir mit diesem blindwütigen Ansturm gegen meine, wie ich glaubte, verlorene Liebe erst das Verhängnis schuf. Hätte ich an Kättas unwandelbare Liebe weiterhin unwandelbar geglaubt, wer weiß, ob die Gedankenspinne Reinhold die schöne Beute erhascht hätte, – ich trieb sie in sein Netz, vielleicht! Wie konnte ich wissen, wie weit Kätta sich entschieden hatte! Ich hörte ihre Stimme, ich hörte sie sagen: ›Nein, Ulrich, es geht nicht mehr so.‹

Wie kann ich es je einer Menschenseele begreiflich machen, daß dieser lächerliche Satz mein Leben umwarf. Es war ihre Stimme. Sie stach mich, stach in den prallen Ballon meiner Lebenskraft. Und der Ballon war nicht vorsichtig in viele Kammern geteilt, es war da nur eine einzige, große: und die war angefüllt mit ihr, mit Kätta. Kätta war mein tragendes Element.

Nur hätte ich damals wissen sollen, daß die Liebe kein bloßer Zustand unseres Lebens ist, sondern selber ein Leben hat, das gezeugt, geboren wird und aufwächst, Krankheiten und Krisen hat wie die sie tragende menschliche Natur, und daß sie auch einmal sterben kann ... Wenn man das weiß, kann man Arzt und Pfleger seiner Liebe sein – und sie stirbt vielleicht nicht.« Huhl drehte den leeren Teller, der vor ihm stand, am Rande ihn mit einem Finger berührend, im Kreise. »Teller hab' ich seitdem gemacht, Teller, große und kleine, für mich und andere Leute. Bilder? Das kann man nur, wenn man liebt.«

Huhl hob mit einem Ruck wie erwachend den Kopf. Der Mythologe stand langsam auf. »Es wundert mich freilich«, sagte mein Freund leise, »daß gerade Sie dann nicht weiter Bilder machten.«

Huhl blickte uns verständnislos zu, als wir nun alle uns erhoben. »Gegessen – und dann steht man auf und geht.« Endlich wandte er sich gegen meinen Freund; Huhls Miene war eisig: »Nein, sage ich Ihnen, dann haben Sie mich mißverstanden. Ich kann nur lieben oder –. Wenn ich Ihnen sage, daß ich keine Bilder mehr mache – nur Teller, Teller – wollen Sie sehen?« Huhl lief mit drei langen Schritten zu der großbohligen Tür und riß sie auf: »Bitte, Teller gefällig? Mein Mittelsmann aus Neapel lobt meine Teller, der Herr Quattropassi ist stolz auf die Vertretung meiner Teller. Er ist klein und dick und dirigiert doch gewaltig wie ein Riese und diskret wie ein Sonnenstrahl meine Teller überall hin. Aber keiner hier im Ort weiß, daß ich Teller mache – und noch weniger weiß einer, warum nur Teller! Sie? Sie wissen es auch nicht! Sie wissen gar nichts, gar nichts von mir! Ich habe Sie unterhalten, schlecht unterhalten, verzeihen Sie, ich schweife immer ab, wie Sie merken. Ich bleibe nie bei der Sache – bei dieser Sache. Ich gehe so darum herum, weil ich selbst so wenig von dieser Sache verstehe. Ich kenne Kätta kaum. Zwei Jahre Gemeinschaft – wäre sie heute noch bei mir – gewiß, ich könnte Ihnen hübschere Sachen zeigen, vielleicht sogar lebendige, wer weiß, – aber ob ich von Kätta mehr wüßte als so?

Ich wußte alles von ihr, als ich sie auf der Schaukel sah – fortsausen in den Himmel – ihr helles Haar; und dann kam die Schaukel zurück. Knatsch! Das Horn damals wuchs nach außen, das andere nach innen, – aber man kann es ja eigentlich kein Horn nennen, nicht wahr? Es ging ja alles so klar und offen vor sich.«

Huhl hatte die Außentür des Ateliers geöffnet und war mit uns vor dem Hause bis zur eigentlichen Haustür gegangen. Man mußte ein Treppchen hinaufsteigen, denn man betrat das Haus im oberen Stock. Er hob zeigend die Hand und wies auf mich und meine Frau: »Genau dort stand sie mit Reinhold, hier, wo der Herr Professor steht, wartete der Junge mit den Koffern; ich stand hier und gab dem Jungen das Trinkgeld, der Reinhold ist ein Knauser: ›Also, gute Reise denn, und ich denke, ich höre gelegentlich von euch!‹ Reinhold nickte: ›Natürlich, Ulrich, und noch einmal: so wie sich die Dinge entwickelten, liegt kein Grund vor, daß irgendwelche Mißstimmigkeiten unsere im tiefsten eigentlich freundschaftlichen Beziehungen stören!‹ Situationen gibt es für einen Philosophen nicht, weder schlimme noch glückliche, weder gelungene noch peinliche. Dafür um so mehr für die Frau eines Philosophen ... Anständige Philosophen vermählen sich aus diesem Grunde ja auch nicht. Die Frau des Philosophen stand bereits dort unter dem Mauerpförtchen, sie wandte mir den Rücken. Sie hatte mir die Hand gegeben. Ich hatte ihr, auf Reinhold hindeutend, andeutungsweise das bekannte Liedchen gesungen: ›Glück auf, Glück auf! Der Steiger kommt – und er hat sein helles Licht bei der Nacht!‹ Das fiel mir so ein – wegen des ›Glück auf‹, besonders aber wegen des ›hellen Lichtes‹. Kätta riß darauf ihre Hand aus der meinen, sie wurde bleich, ihre Nase spitz wie eine Nadel. So war sie zu dem Mauerpförtchen gelaufen.

Wie kann man nur so sein, nicht wahr! Aber diese teuflische Lust, alles entzwei zu machen, den liebsten Menschen sich so wie ein Kätzchen, das sich festkrallt, ganz methodisch vom Leibe zu pflücken. Wenn ich zu meiner Mutter als kleiner Junge in Trotz und Wut sagte: ›Ich habe Euch gar nicht mehr gern, Ihr seid gar nicht meine Mutter, ich lauf' Euch fort, ich wünscht', Ihr würdet sterben‹, – dann hatte ich ein doppeltes Gefühl von Schmerz und Lust, von Trauer und Süßigkeit. Ja – und der kleine Junge, der zu seiner Mutter so etwas sagte, änderte sich später nicht mehr. Nicht der Wein war schuld, wie Kätta meinte, nicht mein Künstlerfimmel, wie Reinhold sich – endlich einmal vulgär – auszudrücken beliebte. Er stellte den Fall einfach so dar: ›Ihr beiden paßt nicht zueinander! Du, Ulrich, bist ein geborener Junggeselle, ein anarchischer Typ!‹ Haha!« Huhl lachte laut und fast fröhlich in die Nacht.

Bald darauf gab er uns die Hand. Zuerst meiner Frau, dann meinem Freund. Die meine hielt er eine Weile, endlich murmelte er: »Ihr Freund ist kein Philosoph, er ist ein Mythologe!« Und meiner Frau rief er noch nach, sie stand schon auf der Gassentreppe: »Und Sie, junge Frau, werden wieder sagen, daß es ein schöner Abend war.«

Meine Frau rief zurück: »Auf die Gefahr hin, daß Sie mich nicht mehr einladen: ja – es war ein schöner Nachmittag und ein schöner Abend! Wir danken Ihnen, Herr Huhl!«

Wir stiegen schon die Treppe hinunter, da beugte

sich Huhl noch einmal aus dem Mauertörchen: »Hallo, hallo! Ich hatte desgleichen einen schönen Abend, – weil ihr mir alles so schön glaubet, meine Geschichten! Meint ihr denn, ich würde jemand wirklich von Kätta erzählen? Von Reinhold – o gerne! Stundenlang! Das nächstemal nehm' ich mein Schlaglichterlexikon auf die Philosophen aus dem Schrank. Das wird dann wirklich ein schöner Abend.« Das Türchen knallte ins Schloß. Wir hörten Huhls halbtrunkene Stimme in kurzem Aufgröhlen: »Glück auf, Glück auf! – Und er hat sein helles Licht bei der Nacht – und er hat sein hä – hä . . .« Ein Husten folgte, der in einem Gebrumm endete.

Wir trabten schweigend durch die Nacht nach Hause.

Am Nachmittag des andern Tages kam ein Junge, der etwas vom signore panciotta bianca brachte. Wir wickelten den Packen aus und hielten ein umfangreiches Buch in der Hand – *wir* hielten es, denn ein jeder von uns dreien streckte seine Hand danach aus. Da stand in Huhls die Drucklettern nachahmender Zeitschrift: »Die Äpfel der Hesperiden oder: Das vollkommene Kochbuch. Eine Anleitung, durch richtiges Zubereiten, Anrichten, Kauen und inbrünstiges Genießen der Speisen zu Behagen des Leibes, Frieden der Seele und hohem Alter zu gelangen, von Ulrich Gänsemann. Noah- und Bacchos-Verlag.«

In der sehr langen Einleitung unterschied der Verfasser die vier Kardinalfragen des Kochens: was, wie, wo und wann? – indem er methodisch vorrückend zuerst die Substanz der Speisen, sodann ihre Zubereitung erforschte, mit dem »wo« natürliche geographische Speisezonen errichtete und mit dem »wann« das jeweilige Gericht seiner ihm entsprechenden Jahreszeit zuteilte.

Das alles geschah in jener Huhl eigenen scherzhaften, umständlichen Art, durch die aber komischer Ernst schimmerte. Bei der Frage des Wo und Wann wurde er zum ausgesprochenen Moralisten, der als guter Kenner der römischen Kaiserzeit groteske Bilder einer pervers gewordenen Gaumenlust zeichnete.

Er baute wie die alten Chinesen – aber ohne deren altklugen Ernst – seine Ansichten und Lehrsätze in ein größeres Ganzes ein: hier zwischen Kochrezepten, gestern abend zwischen die Fakten seiner Erzählung. Manchmal – wir sprachen lange darüber – war es uns vorgekommen, als ob Huhl das Geschehnis selbst mehr wie das Wasser auffasse, in welchem er mit seinen Fragen herumangle. Wir wußten freilich alle noch nicht, und Huhl am wenigsten, wie sehr dieses Wasser plötzlich in Erregung geraten sollte, ohne ihm weder Zeit noch Gedanken zu lassen, darin nach irgend etwas zu fischen.

Mein Freund und ich gingen zwei Tage später – es war ein federnder und lichter Tag und wie zum Ausschreiten geschaffen – am Berg entlang nach Sorrent. Die Küstenweg folgt den buchtigen Einschnitten in den Kalksteinmassen. Dadurch wird die auf halber Höhe angelegte Straße wohl zu einer der gewundensten in Europa. Man geht bald in praller Sonne, bald in den Felsschatten hinein, bald gegen das Meer hinaus; man geht und kommt nicht von der Stelle. Der Luftraum war wolkenlos und hell, das Meer trieb darin wie eine ins Leere geworfene blaue Scheibe, die aus Edelsteinen zusammengesetzt schien, so stark waren die Farben des Wassers.

Ich hielt, des Zickzackweges endlich satt, den Omnibus an, der – es war früher Nachmittag – nach Sorrent fuhr. Mein Freund zankte ein wenig, doch kaum war er eingestiegen, schien er äußerst zufrieden zu sein. Uns schräg gegenüber, durch eine doppelte Sitzreihe getrennt, saß ein Mädchen in einem himmelblauen Mantel; ihr Strohhut, in derselben Farbe, war von Blumen garniert, welche mit ihrem Goldgelb die Farbe des Haares, das unter dem Hut hervorquoll, angenehm betonten.

Wenn das Mädchen zum Fenster hinaus aufs Meer schaute, erblickten wir nur Kinn und Mund und ein Stückchen der sehr feinen Nase, denn der Hutrand verdeckte ihre Augen. Schaute sie aber durch den leeren, in den Kurven hin und her kreuzenden Wagen – sie saß mit dem Rücken in Fahrtrichtung –, konnten wir ihr Gesicht ganz sehen. Die Brauen saßen niedrig über den Augen; da sie aber im Gegensatz zum Haupthaar von auffallend dunkler Farbe waren, hoben sie das schimmernde Blau der Augen hervor.

Mein Freund stieß mich mit dem Ellbogen an und sagte leise auf ungarisch: »Weißt du, woran man jungfräuliche Augen von fraulichen gut unterscheiden kann? Hinter beiden siehst du die Sonne des Weibes leuchten. Aber während die fraulichen Augen von diesem Feuer selber erfüllt sind und es so angenehm diffus verteilen, bricht es sich in den jungfräulichen Augen wie in einem Brennglas, und erst, wenn du durch Zufall in den Brennpunkt gerätst und das Jucken auf der Haut merkst, wirst du dieser Sonne gewahr, die hinter diesen harmlosen Augen wirkt. So kommt es denn, daß jungfräuliche Augen von jeher als brandstiftend gefürchtet sind.«

Das Mädchen schaute unverwandt aufs Meer, manchmal traf uns kurz und gleichgültig ihr Blick, mit einem Ausdruck etwa, als wären wir Wörter, die sie auf einen Schreibfehler untersuchen sollte. Nach jedem dieser Blicke hob sich die rosige Haut ihres Kinnes ein wenig, aber der Mund blieb voll und selbstzufrieden stehen, unbeweglich; seine natürliche Röte bewirkte in ihrem ein wenig bleichen Gesicht einen Ausdruck von Sinnlichkeit, dem das noch Kindliche der Linien seltsam widersprach.

Mein Freund gehörte bis zu diesem Tage zu jenen löblichen Männern, die über ihr Liebesleben Schweigen bewahren. Ich will nicht sagen, daß er im Verlauf dieses Tages und auch in den folgenden Ereignissen diese seine Haltung, was seine wörtlichen Mitteilungen betraf, wesentlich veränderte, – seine Mienen jedoch, seine Bewegungen, besonders aber seine Füße begannen unerhört offen zu sprechen. Das erste war, als wir in Sorrent ausstiegen, daß er mich unter den Arm faßte und durch die Straßen leitete. Ich fragte, wohin, er lachte und zeigte mit dem Kinn geradeaus. Vor uns schritt das unbekannte Mädchen, wir folgten ihm in etwa zwanzig Meter Entfernung, also auf dem Fuße, muß man wohl sagen. Als sie in eines der großen Hotels, welche die hohe Küste von Sorrent säumen, eintrat, zögerte mein würdiger Mythologe keinen Augenblick. Er lud mich zum Tee ein: es gelüste ihn nach vier Wochen Città morta-Freiluftleben Hotelluft zu atmen.

Das Hotel lag noch im Mittagsschlaf. Wir drückten am Eingang zur Empfangshalle auf eine Klingel und warteten im grünen Schatten des Gartens. Endlich kam ein Hausknecht, der offensichtlich irgendwo auf seinem Wachtposten eingeschlafen war.

Er hörte unser Begehren gar nicht an; er nickte nur, ließ uns im Garten stehen und verschwand. Nach einer geraumen Zeit erschien ein Kellner. Mein Freund hatte mich derweil mit botanischen Erklärungen unterhalten, er wollte um jeden Preis zu seinem Tee kommen. Der Kellner betrachtete uns kühl erstaunt; er hatte sich mit Kölnisch Wasser erfrischt für seine Gäste, ohne zu ahnen, daß sie nur zum Tee bleiben wollten.

Er wies uns mit einer werfenden Handbewegung in die Richtung einer großen Glastür, wir sollten uns dort »akkommodieren«. Damit empfahl er sich.

Die Halle, in die wir traten, hatte die Höhe von zwei Stockwerken und die Ausdehnung des ganzen Gebäudeflügels. Es war schwer zu erkennen, wozu ein solcher Raum eigentlich diente. Die Zeit, da russische Großfürsten und englische Großkaufleute sich hier auf eine kostspielige Weise langweilten, war längst vorüber. Die Halle mochte früher zu Festlichkeiten gedient haben, nach unserer Meinung wurde sie jetzt als Speisesaal benutzt. Der Überfluß an Zierpflanzen erweckte zuerst den unbestimmten Eindruck, in ein Treibhaus zu treten. Palmen, in ungeheuren Kübeln bis zur kassettierten Decke ragend, ließen den Raum zudem wie eine Säulenhalle erscheinen. Die bunten Marmorsockel, mit ihren blendend weißen und nackten Göttern und Göttinnen, die in sanften Canovagesten verharrten, mischten ferner einen Ton von musealer Abgestorbenheit in das Bild.

Wir ließen uns als die einzigen Gäste in einem Winkel nieder, nahe an einem der vielen hohen Fenster, unter denen das Meer bis gegen das ferne Neapel und den Vesuv anstieg.

Die Polstermöbel hatten ihre Schürzen an, mitten in der Saison. Doch mochten weniger die fehlenden Gäste daran schuld sein als der wahre Zustand der Möbel, die einer solchen schonungsvollen Rücksicht nicht mehr bedurft hätten.

Wir genossen, derweil der Tee auf sich warten ließ, die berückende Schläfrigkeit des Raumes, die sich nicht nur aus der nachmittäglichen Stunde nährte, sondern mehr noch aus seiner müden Altmodischkeit. Es erschien ein älterer Kellner, der unsere Teebestellung auf einen Block notierte und mit einem kaum hörbaren »subito« verschwand.

Mein Freund gab allerlei Zeichen von Gereiztheit, es konnte unmöglich diese umständliche Teebestellung die Ursache davon sein. Schließlich fragte er, was ich wohl dazu sagte, wenn er den Kellner um den Namen des Mädchens bäte. »Wenn sie überhaupt in dieser Mottenkiste von Hotel wohnt«, sagte er zweifelnd, »sie sieht wenigstens nicht so aus!«

Die Tür, die zu den Hotelräumen führte, öffnete sich in diesem Augenblick, und es trat ein etwa sechzigjähriger Herr ein, der an einem Stock ging und leicht hinkte. Kaum daß er uns gewahrte, grüßte er höflich auf italienisch und ließ sich dicht am Fenster in der Nähe unseres Tisches nieder.

Kurz darauf erschien ein Kellner, nicht derselbe, der unsere Bestellung entgegengenommen hatte, und servierte den Tee. Beim ersten Schluck stellten wir fest, daß der Tee muffig war. Wir teilten unsere Entdeckung dem Kellner mit, der am Nebentisch die Wünsche des andern Gastes entgegennahm.

Der Servierkellner verschwand. Nach einer geraumen Weile stand ein Befrackter vor uns, den wir noch nicht gesehen hatten. Er wollte uns in einem freundlichen, aber bestimmten Tonfall klarmachen, daß der Tee ganz frisch sei – was wir unter seinen suggestiven Blicken nicht weiter zu bestreiten wagten. Dennoch bestellten wir einen Cappuccino.

Der Herr am Nebentisch sagte, als der Geschäftsführer hinaus war, in stockendem Italienisch, es sei wirklich unbegreiflich, wie in einem so dezent und gut geführten Hause immer wieder noch »Teebestände aus den Zeiten der Großfürsten« angeboten werden könnten. Er habe sich das Teetrinken einfach abgewöhnt, aber das Hotel sei im übrigen – nicht wahr? – ein geradezu märchenhafter Ort. Wir bejahten, er blickte ernst und zufrieden durch den weiten Raum.

Mit dem Servierkellner, der uns den Cappuccino brachte, traten gleichzeitig zwei Damen ein, mein Freund zog kurz und heftig den Atem ein und sagte auf ungarisch: »Siehst du, wenn wir auch nicht zu unserm Tee kommen, der Cappuccino ist ausgezeichnet!« Er lächelte mich dabei über seine Tasse in einer geradezu aufgeregten Weise an. Gleich blickte er wieder zu den eingetretenen Damen, und er hätte nun die Möglichkeit gehabt, seine Theorie von den jungfräulichen und fraulichen Augen an Mutter und Tochter zu belegen. Doch tat er es nicht, sondern gab sich ganz der heimlichen Betrachtung des Mädchens hin, das uns sofort wiedererkannt hatte. Und zwar hatte sie uns erblickt, als sie, ehe sie sich niederließ, ihren Strohhut einem der Marmorgötter aufsetzte. Sie lächelte dabei halb verschämt, aber keineswegs über unsere Anwesenheit, sondern daß wir Zeugen waren, wie sie einen marmornen Merkur mit Goldflügelschuhen als Garderobeständer mißbrauchte.

Die Familie am Nebentisch sprach Deutsch, das heißt, es sprach nur das Familienoberhaupt, indem er die Frage an die Tochter richtete, wie ihr Città morta denn gefallen habe.

Das Mädchen fuhr sich mit den Händen ordnend durch das Haar. »Ach, Papa, darüber kann man hier in diesem sommerlichen Wintergarten gar nicht erzählen. Kommt mal lieber beide mit! Ich möchte am liebsten mit dem nächsten Omnibus in dieses wunderhübsche Nest zurückkehren.«

Der Vater war dabei, seinen Bleistift zu spitzen, er ließ die Späne in den Aschenbecher fallen, die daneben geratenen klaubte er auf. Dann zog er sein grauseidenes Taschentuch aus der Reverstasche des Jacketts, netzte die Fingerspitzen mit Speichel und trocknete sie am Taschentuch, das er umständlich an denselben Ort brachte und dort mit kurzem Griff zurechtzupfte.

Er sprach dabei über die unerhörten Postverhältnisse, man wußte nicht recht, zu wem. Denn die Tochter hatte, zur Mutter gewandt, leise zu sprechen begonnen; die aber saß, ihrem Gatten halb abgewandt, durch das Fenster blickend, in einer Ruhe da, welche die Bewegtheit der Tochter seltsam hervorhob.

Die Frau mochte vierzig sein, ihre Gestalt war ganz die der Tochter, doch ihr Gesicht konnte trotz sorgfältigster Gepflegtheit den Zug von müdem Gleichmut nicht verbergen. Wenn sie der Tochter zulächelte, geschah das allein durch eine Mundbewegung, die karminroten Lippen zuckten dabei und und wurden schmäler, das war alles. Ihre hohen dünnen Augenbrauen standen unbeweglich und fast wie mathematische Kurven über den Augen, die durch alles Nahe hindurchzublicken schienen.

Der Kellner kam und servierte der Familie den Kaffee. Als er Gebäck anbot, machte der Notizen schreibende Mann eine zurückweisende Bewegung, fragte jedoch darauf gegen die Tochter gewandt: »Aber du gewiß, Mädi!«

Das Mädchen stieß die Mutter an: »Du, ein richtiger Mohrenkopf, wie wär's damit? Bei deiner Figur dürftest du jeden Tag ein halb Dutzend verputzen!«

Die Angeredete blickte fast verwirrt auf die vom Kellner dargebotene Platte, aber sie schüttelte mit einem Lächeln den Kopf. »Nett von dir«, sagte sie leise.

Das Familienoberhaupt steckte sein Notizbuch in die innere Brusttasche, zupfte den Binder zurecht und die Rockzipfel und seufzte, er wisse wirklich nicht, was er davon halten solle: es fehlten ihm noch die April- und Mainummern von –, und er führte eine Reihe philosophischer und philologischer Fachblätter an. Eine Reklamation an der Post bedeute nicht viel mehr als einen Schlag ins Wasser, leider!

Die Tochter lachte: »Das tut die Post mit Absicht. Zeitschriften mit so unfrohem Inhalt läßt sie über gewisse Breitengrade nicht passieren, du störtest hier mit deinen Fachschriften den ohnehin gestörten Badeverkehr.«

Mein Freund flüsterte mir auf ungarisch zu, einen besseren Anknüpfungspunkt gebe es einfach nicht; er habe die erwähnten Fachblätter fast alle in unserem Haus in Città morta liegen.

Wenn in diese Stille, die jedes, auch ein noch so leise gesprochenes Wort hervorhob, vielleicht einer der zwei Namen, die wir von Huhl so gut kannten, am Nebentisch gefallen wäre, – dieser Nachmittag und alles, was sich daraus ergab, hätte eine andere Richtung genommen. Ich glaube wenigstens nicht, daß mein Freund sich so einfachhin erhoben und mit kurzer Entschuldigung sich und mich vorgestellt und sein Angebot gemacht hätte: dem Herrn – nun, dem Herrn Professor Reinhold Latten! – seine philologischen und philosophischen Fachblätter trotz des Verdiktes seines Fräulein Tochter anzubieten.

Ein unvermuteter Schrei ins Ohr, so ungefähr wirkte der Name auf mich, den der Professor mit großer Deutlichkeit, statt des Titels den Vornamen setzend, aussprach.

Nur die Neugier, die fast ebenso plötzlich wie die Überraschung da war, glich die Wirkung aus, so daß ich wenigstens nach außen jede Bewegung von Überraschtsein unterließ. Mein Freund, der seine Gefühle weniger zu zügeln vermochte, war immerhin Diplomat genug, um einen Grund für seine Bestürzung angeben zu können. Er begann zu lächeln und rief: »Welches Vergnügen für mich!«

Dank seiner fachlichen Schnüffelsucht kannte mein Freund einige Aufsätze unseres Professors. Latten schien von diesem Augenblick an, da er sich von meinem Freund gelesen wußte, Frau und Kind und die Fürstenhalle des Hotels vergessen zu haben. Er fragte mich, ob ich auch vom Fach sei. »Ich bin Bildhauer«, versetzte ich. »Ah«, er betrachtete mich darauf noch einmal und nickte kurz.

Dann setzte er sein Gespräch mit meinem Freund fort, der aber trotz aller Diplomatie, die ihm in Notlagen eigen war, nicht vermochte, das Thema, das pfeilgerade und in schwindelerregender Beschleunigung in den leeren Raum höchst abstrakter Fragen hinschoß, in Bereiche umzubiegen, die den beiden

Damen und mir angenehmer gewesen wären. Ich erinnerte mich, daß Huhl gesagt hatte: Reinhold habe kein Gefühl für Situationen. Huhl kannte diesen Mann und konnte formulieren. Huhl –, wenn er wüßte . . . Das zog mir immerfort durch den Sinn, während ich mich bemühte, die Damen zu unterhalten, so gut ich es vermochte. Denn ich muß gestehen, daß meine innere Verwirrung sich eigentlich erst bemerkbar machte, nun, da ich mit dieser Frau zu sprechen begann, deren Vornamen ich derart gut kannte, daß ich in ständiger Versuchung war, sie mit »Kätta« anzureden; deren Jugendbild vor mir stand und deren Liebesgeschichte ich wußte.

Ich konnte zudem keineswegs wissen, aus welchem Grunde sich die Familie Latten so nahe bei Città morta befand. Vielleicht daß die Erinnerung an Huhl in Kätta und Latten ein erledigtes Erlebnis – aber auch ebensogut ein von beiden ängstlich gemiedener Gefahrenbereich war, was ich, wenn ich Frau Kätta ansah, fast für wahrscheinlich halten mußte. Ob sie aber noch nach achtzehn Jahren Huhl am selben Orte vermuten konnte, erschien mir doch ein wenig zweifelhaft.

Das Mädchen hatte versteckt durchblicken lassen, daß sie wohl bemerkt habe, aus welchem Grunde wir ins Hotel Tee trinken gekommen waren. Sie sprach von der Omnibusfahrt im allgemeinen und lachte einige Male.

Als sie fragte, was ich in Città morta betreibe, fiel Frau Kätta tadelnd ein: »Aber Ulrike, du bist ausgesprochen neugierig!«

Ich nahm das Mädchen scherzend in Schutz und sagte, ich möchte dafür zuerst wissen, wie sie zu diesem schönen Namen Ulrike gekommen sei.

Ich hatte meine kühne Frage nach Ulrikes Namen kaum getan, als ich über mich selber verwundert war, aber noch mehr über die unvermutete Antwort. Frau Kätta sagte, ihr Vater habe so geheißen, der Name sei häufig in ihrer Heimat.

Das Mädchen fügte leise hinzu, mit dem Finger auf den Professor deutend, der ebenso wie sie mit dem Finger kurz gegen meinen Freund losstach: »Mein Vater mag meinen Namen nicht; er nennt mich heute noch Mädi. Verstehen Sie so etwas?«

Ich hob lächelnd die Schulter. Frau Kätta blickte aufs Meer hinaus.

In den Scheiben zwischen den unbeweglichen Falten der Stores stand der Ausschnitt des Golfs wie in einer gläsernen Phiole. Die blaue Mischung war unten tief preußischblau, oben wurde sie türkisen, und wo das Blau verging, sammelten sich die Sonnenreflexe wie Schaum.

Ulrike wiederholte neckisch die Frage nach meinem Beruf. Als ich »Bildhauer« sagte, wandte Frau Kätta die Augen vom Meer zurück und blickte mich an, als hätte ich etwa gesagt: »Tiefseetaucher oder Beichtvater Seiner Heiligkeit.« Ihre gemalten Lippen öffneten sich kurz, aber sie sagte nichts.

»Oh, Mutti schwärmt fürs Modellieren – sie will es Ihnen natürlich nicht eingestehen. Ich glaube, weil Papa es nicht gerne sieht!« Ulrike machte wieder eine scherzende Bewegung mit zustechendem Zeigefinger gegen den Professor.

»Aber, Ulrike!« Frau Kätta errötete sichtbar.

Ulrike lachte hellauf: »Ach, Papa hört jetzt nichts. Wenn er geistert, so nennen wir beide das«, – sie machte eine Bewegung zwischen sich und der Mutter –, »dann kann man sogar sagen: Kant ist ein

Schotte. Er reagiert nicht. Aber sagen Sie ihm das mal, wenn er nicht geistert. Lebensgefahr! Man darf nicht mal sagen: Schottenhamel. Und das ist doch bloß ein Hotelname.« Ulrike fragte nun sehr laut: »Kennen Sie den Schottenhamel?«

Der Professor ereiferte sich soeben: »Aber wie kommt Malfatti dazu, frage ich –«, mit einer präzisen Drehung des Halses gegen seine Tochter unterbrach er sich, und sie scharf anblickend, fuhr er in seinem Satz fort: »– den Begriff Leben als das dritte Unreduzierbare einzuführen. Für das Salongespräch mag das angehen –«, der Professor blickte wieder den Mythologen an, »aber für die Erkenntniswissenschaft ist mit solchem Aus-der-Rolle-Fallen nichts getan!«

Ich bewunderte im stillen die Höflichkeit meines Freundes, der mit diesen Worten zu einem Salonphilosophen gestempelt war. Doch bei einem Blick, den er einmal gegen Ulrike hinwandern ließ, scheinbar sehr gleichmütig und den Darlegungen ihres Vaters hingegeben, erkannte ich den tieferen Grund seiner widerspruchslosen Geduld.

Ulrike begann wieder von Città morta zu plaudern. Die Stadt sei so afrikanisch, mit den weißen Kuppeln überall, vom Strand her glaube man, die Stadt sei eine kubistische Bühne aus Treppen und terrassenhaft geschichtetem Häusergeschiebe. »Und dahinter der hohe, hohe Berg!«

»Der Monte Sant' Angelo«, ergänzte ich.

Frau Kätta nickte: »Ja, so heißt er!«

Ulrike legte die Hand auf das Knie der Mutter: »Du mußt es dir einmal ansehen!«

Frau Kättas rechter Arm stützte sich im Ellbogen auf die Sessellehne, ihr Unterarm stand in die Höhe gerichtet, und ihre Hand hing daran in einer Vergessenheit herab, die auf mich quälend wirkte. Ihre Finger begannen plötzlich in gedankenlosem Spiel über die weiße, karminbehauchte Rose zu gleiten, die am Ausschnitt ihres Kleides befestigt war. Sie trug ein Kleid aus weißer Rohseide, von einem geflochtenen Lederstrick gehalten.

Ich sah dem Spiel ihrer Finger eine Weile zu. Plötzlich traf mich ihr seltsam aus der Weite kommender Blick, sie fragte: »Wohnen in Città morta noch andere Künstler – Maler – Bildhauer?«

Ich nannte die Namen einiger Maler und Schriftsteller, betonte aber, daß ich sehr zurückgezogen mit meiner Frau dort lebe.

»Sie sind verheiratet?« sagte Kätta auf eine Weise, als wollte sie sich etwas Unerwartetes bestätigen.

Ulrike fiel ein: »Papa warnt mich immer vor einer sogenannten Künstlerehe, was sagen Sie dazu?«

Was sollte ich sagen? »Den Begriff gibt es für mein Gefühl nicht. Jeder Mann, nicht nur der Künstler, muß die richtige Frau wählen, das ist das Problem. Die Ehe selber ist ein Problem – jede Ehe!«

Kätta nickte gedankenvoll: »Das ist allerdings wahr. Ich glaube sogar, ein Künstler hat mehr Verständnis für Frauen als – als die andern. Aber was Sie da von Frauen-Wählen sagen, das ist – das könnte nicht einmal mein Mann, der Professor, so vernünftig und – verzeihen Sie – so töricht ausdrükken! Wenn der Mann wählt, trifft er meist auf die Frau, die – nun, die ihn bezaubert, also von vornherein unfrei macht, was bleibt aber da noch von freier Wahl! Die Frau, wählt sie einmal wirklich, ist selten vom Manne bezaubert, sie wählt aus Gründen: sie geht unters Wetterdach oder – ins Abenteuer, so ist das.«

»Und du, Mutti?« Ulrikes scherzhafter Ton ließ die beiden wie Freundinnen erscheinen, »sag, hast du gewählt, oder wurdest du gewählt?«

Frau Kätta hob langsam das Gesicht, sie schien von dieser vertraulichen Frage unangenehm berührt zu sein.

In diesem Augenblick schob der Professor seinen Kopf vor und wandte sein Gesicht zu uns. Er sagte scharf: »Ulrike«, dann, indem er den Satz fortsetzte, um die Warnung an seine Tochter zu verkleiden, wurde seine Stimme sanft und mitteilend: »Du wirst mir wohl den Gefallen tun und nochmals nach Città morta fahren, um mir die Zeitschriften zu holen? Ich täusche mich wohl nicht, wenn ich glaube, daß die Herren dich für ein paar Stunden in sicherer Hut behalten.« Wir nickten zu dritt: Ulrike, mein Freund und ich.

Das Mädchen berührte zugleich wie in einer Aufforderung das Knie der Mutter und wollte etwas sagen. Latten jedoch räusperte sich kurz: »Es gibt ja ein Hotel in Città morta, wie? Morgen natürlich kommst du wieder zurück! Nein – Mutter bleibt hier, Mädi, eine Omnibusfahrt auf dieser kurvenreichen Straße bekäme ihren Nerven schlecht.«

Ulrike zog die dunklen Brauen fragend zusammen: »Aber, Professor, du kennst doch die Straße gar nicht, höchstens von der Landkarte.«

Latten versuchte zu scherzen: »Schon bei der Vorstellung, diese Straße im Omnibus zu machen, rebelliert mein Magen.«

Die Tochter wies nun kopfnickend auf den Vater und blickte meinen Freund und mich an: »Hören

Sie! Und das ist ein transzendentaler Idealist, der nichts für bare Münze auf dieser Welt nimmt, als was er in seiner Sparbüchse hat.« Bei »Sparbüchse« klopfte sie sich von oben auf ihren blonden Scheitel.

Wir mußten alle lachen, auch Kätta, und schließlich schmunzelte selbst der Professor, nicht ohne Stolz seine Tochter betrachtend. Er sagte: »Die Tochter des Philosophen! Sie schrieb einmal ein Lustspiel über mich« – Latten fuhr sich mit der schmalen Hand um das Kinn, Ulrikes Kinn war ganz das seine, er hatte das schöne Kinn eines Mädchens. Latten lachte, gegen die Decke schauend: »Wie hieß noch der Titel, Mädi? Ah so: ›Der Weltsouffleur‹, wie?«

Ulrike protestierte: »O nein, es hieß: ›Mein Vater ist der Weltsouffleur!‹«

Der Professor hob die Hand und zupfte mit Daumen und Zeigefinger am Kinn. Er lächelte seiner Tochter zu, dabei strahlten kleine Fältchen von den Augen aus, deren Regenbogenhaut wie aus trüb gewordenen Goldplättchen gestanzt war. In diesen flachen, kleinen Höhlen unter den schmächtigen Brauen gab es nichts von dem unbestimmten luftartigen Weben, wie es vor den Augen der meisten Menschen liegt. Der Lidschlitz stand stets ein wenig verkniffen, nicht nur, wenn er an seiner Zigarette sog und dem Rauch wehrte, es war auch nicht das Lidkneifen der Kurzsichtigen, – es war der Ausdruck eines zuständlich gewordenen kritischen Hinsehens; mein Freund formulierte es mit »nörgelnden Augen«. Allein wenn er seine Tochter anschaute, schwand dieser Ausdruck einem Lächen, er lehnte sich dabei stets ein wenig zurück, genießerisch! Wir plauderten noch eine geraume Weile, und Latten schien außer seiner Philosophie kein anderes Thema als »Mädi« zu haben, die nicht ohne Verlegenheit das stets auf ihre Leistungen und Einfälle zurückbiegende Ergötzen des Vaters ertrug.

Schließlich versuchte mein Freund, Ulrike von ihrem unfreiwilligen Postament zu erlösen, indem er zwischen mir und Latten hindurch das Wort an Frau Kätta richtete. Sie war schon seit einer Weile außerhalb des Gespräches: sie saß zurückgelehnt und schaute aufs Meer, gegen den Vesuv hin; ihre Rechte, neben die Schläfe emporgehoben, spielte mit einem der Blätter der Fächerpalme, indem sie das Blatt zwischen Zeige- und Mittelfinger hielt und den Daumen leicht gegen seine Spitze schlagen ließ.

Als Frau Kätta keine Antwort gab, sie hatte offensichtlich die Frage meines Freundes nicht gehört, stieß ihr Mann sie leicht mit dem Zeigefinger an: »Kätta, der Herr . . . ach, diese ungarischen Namen! – der Herr Professor hat dich gefragt, wie du dich hier fühlst.« Kätta wandte uns leicht errötend das Gesicht zu: »O danke, sehr gut, natürlich! Was kann man sich mehr wünschen! Allerdings das Hotel, das gefällt mir gar nicht. Man sitzt wie auf einer Bühne, dazu noch auf einer, vor der es keine Zuschauer mehr gibt.« Huhl fiel mir ein, und sein Vergleich, als er von Reinhold, dem Regisseur, und sich als dem ahnungslosen Schauspieler sprach. Gewiß, die Vergleiche gehören allen gemeinsam, aber nur einander ähnliche Menschen wählen ähnliche Bilder.

Der Professor fiel sofort ein: gewiß, das Hotel stimme zur Zeit ein wenig traurig in seiner Ausgedehntheit und Leere. Jedoch, er habe sich zu diesem Hotel entschlossen, weil es einen Fahrstuhl zum Strand hinunter habe. »Und das ist für mich von höchster Wichtigkeit, da ich –« Latten zögerte ein wenig und blickte auf sein Bein, »einmal im Gebirge abstürzte und dabei mir nicht nur einen doppelten Oberschenkelbruch zuzog, sondern auch einen Hüftschaden, so daß ich bei längerem Gehen nicht ohne Stock auskomme.«

Ulrike sagte tröstend und zugleich nicht ohne Schelmerei: »Ach, wer mit solcher Eleganz hinkt wie du, kann es ruhig zeigen. Außerdem gibt es doch Wagen in Hülle und Fülle. Oder man mietet sich zwei Zimmer am Strand – oder man zieht überhaupt nach Città morta. Weißt du, dieses Sorrent hat zuviel Straßen und überall Mauern. Und das Meer wirkt von diesen Hotelterrassen auf mich reichlich filmhaft.«

Mein Freund nickte, er konnte seine Begeisterung kaum mehr zügeln. »Also, auf nach Città morta, Fräulein Ulrike!« Und sich zu Latten wendend: »Mein Freund ist verheiratet. Ihre Tochter befände sich in einem sozusagen bürgerlichen Haushalt.«

Ulrike platzte heraus, errötete aber sofort: »Wie schrecklich! Ich meine«, fuhr sie begütigend fort, »einen bürgerlichen Haushalt hab' ich das ganze Jahr: Bad, Telefon und Zentralheizung und die Morgenzeitung auf dem Frühstückstisch. Nein, ich möchte mal – ach, passen Sie auf: auf einem Terrassenmäuerchen steht das Frühstück, davor ein Liegestuhl, ich im Badeanzug, drunten das Meer!«

Mein Freund lächelte: »Das liegt bei uns durchaus im Bereich des Möglichen. Hinterher Gymnastik, Sonnenbad, Schwimmen, Mittagstisch! Und so weiter . . .«

Frau Kätta nickte schelmisch: »Ja – und wie glauben Sie, daß wir unsere Tochter von dort wieder

losbekommen? Statt zwei Tage bleibt sie dann zwei
– Jahre«, sie lachte unvermittelt mit lauter Stimme.
Sie blickte dabei von uns fort aufs Meer, als suchte
sie da eine Zustimmung.

Latten sagte beinahe leise, ihr das Gesicht in seiner präzisen Kurvenbewegung zukehrend: »Aber
Kätta, du sprichst, als wäre Mädi allein hier aus-
schlaggebend.« Er wandte sich in entschiedenem Ton
an Ulrike: »Du kommst morgen mit dem Omnibus
wieder zurück.« Er kehrte sich uns zu: »Sie verstehen
mich, meine Herren! Man kann mir doch wirklich
nicht vorwerfen, daß ich meiner Tochter einen ihrer
Lebhaftigkeit unangemessenen, weil zu kleinen
Spielraum zugestehe. Aber mir scheint, daß die natürliche Vorsicht des Älteren die ebenso natürliche
Unvorsichtigkeit des Jüngeren kompensieren muß
– und so«, Latten verbeugte sich galant, indem er aufstand vor Ulrike, »Mädi, erwarte ich dich morgen
am Omnibus.« Er warf einen Blick auf die Arm-
banduhr. »Geh – hol deine Sachen – in einer halben
Stunde müßt ihr abfahren.«

Mein Freund und ich atmeten auf, als wir auf die
Straße traten, wiewohl wir auch jetzt nicht, Ulrikes
wegen, die mit uns durch die Straßen schritt, unseren Gefühlen Luft machen konnten.

Im Omnibus stieß mich mein Freund einmal leise
an, Ulrike blickte soeben zum Fenster hinaus. Er
blies die Luft vor sich hin und sagte vernehmlich,
mit fragender Stimme: »Bisher war mein Satz: Die
Götter schauen zu!« Und nach einer kleinen Weile
sagte er, in Ulrikes gedankenvoll lächelndes und
fragendes Gesicht: »Jawohl, sie schauen zu, aber wie
die Sonne: sie bewegen uns mit ihrem Blick!«

Ulrike fuhr sich lachend von oben nach unten

schnell übers Gesicht: »Sie wollen mich wohl hypnotisieren – wie Sie glauben, daß es Ihre Götter mit uns tun. Wie können Sie übrigens von Göttern reden. Sind Sie ein Heide?« Das Letzte klang schon nicht mehr so scherzhaft.

Der Mythologe nickte: »Sogar Heidenpriester – vielleicht werde ich noch Bischof.«

Ulrike lachte wieder: »Ein Heiden-Bischof! Bekommen Sie dann auch einen Stab?«

Mein Freund tat ernst: »Sehen Sie mal, Fräulein Ulrike, das ist das erste, woran Sie bei Ihrem Bischof denken: Stab, Kreuz, Ring und Palais! Bei uns ist das ganz anders. Wir erkennen unsere Bischöfe am Gesicht. Hier trägt der Berufene die Abzeichen, die er von niemandem empfängt als vom Leben selber.«

Ich hätte von diesem Gespräch im Omnibus nichts erwähnt – es war von seiten meines Freundes ein improvisiertes Zeitausfüllen –, wenn nicht Ulrike, als sie zum erstenmal Huhls ansichtig wurde, ausgerufen hätte: »Der Bischof – der Heiden-Bischof!«

Das war am selben Nachmittag in meinem Studio. Huhl trat unerwartet auf die Terrasse und näherte sich langsam der geöffneten Doppeltür.

Es ging diesen Nachmittag ein zausender Wind, und wir hatten es vorgezogen, im Studio bei geöffneter Tür zu sitzen. Es blies von Norden, und als Huhl auf die Terrasse trat, fiel ihn ein kurzer Windstoß an und blähte seine schwarze Pelerine, die er wie auch die weiße Weste gleichmäßig durch die heißen Tage trug. Seine Kleidung war ohne Wandel, getreuer Ausdruck seines stehengebliebenen Lebens, das seit so vielen Jahren der Verwandlung harrte, – freilich ohne daß er es wußte.

Bei Ulrikes Ankunft in meinem Hause war ich zuvor zu meiner Frau hinaufgegangen, um ihr von unserer Begegnung in Sorrent zu erzählen. Ich war betroffen, als ich sah, wie diese Mitteilung auf sie wirkte.

Als sie dann gar hörte, Ulrike, Kättas und Reinholds Tochter, sei unten in meinem Studio – ja, wirklich! –, riß sie die Augen auf und flüsterte: »Seid ihr denn wahnsinnig geworden?« Ihre Erregung schien mir übertrieben, ich sagte ihr das, doch sie schüttelte nur den Kopf: »Mir scheint, Huhl könnte auch von dir sagen, daß du kein Gefühl für Situationen hast!« Und auf den Boden starrend, flüsterte sie wieder: »Wir stehen hier sozusagen in einem magnetischen Feld, mein Lieber! Du wirst noch allerlei höchst unfreiwillige Sprünge machen –, dieses Besuches wegen, da bin ich dir gut dafür!«

Ich fand die Besorgnis meiner Frau übertrieben. Immerhin einigten wir uns – und ich teilte auch unsern vorsichtigen Beschluß unserm Freund heimlich mit –, daß wir Huhl und Ulrike auf keinen Fall einander begegnen lassen dürften. Auch meinem Freunde erschien diese Besorgnis meiner Frau übertrieben, denn ein Besuch Huhls in unserem Hause konnte nur einer reichlich ausschweifenden Vorstellungskraft entstammen. Außerdem hätten wir Huhl von der Terrasse aus schon von ferne erkannt, und die ahnungslose Ulrike wäre auf irgendeine Weise von einem der Verschworenen in Verwahr gehalten worden.

Aber nun, da der Wind wehte, saßen wir im Studio und nicht auf der Terrasse. Und bei Ulrikes Geplauder hatten wir das mögliche oder besser noch unmögliche Erscheinen Huhls einfach vergessen. Doch wäre das Wetter auch ganz windstill gewesen, das junge Mädchen hätte es gewiß durchgesetzt, in meinem Studio vor den wenigen Bildwerken zu sitzen und, wie sie sagte, Werkstattluft zu atmen.

Mit besonderer Liebe betrachtete Ulrike eine Porträtbüste meiner Frau und einen Kopf meines Freundes, beide aus bläulich stumpfem Kalkstein geschlagen.

Ulrike gab bei Betrachtung dieser Werke eine Beobachtung preis, die ich selber schon einige Male gemacht hatte. Sie sagte, die beiden Porträts in Stein, im selben Raum mit ihren Urbildern, nähmen diesen einen Grad von Leben und Wirklichkeit fort, um ihn sich selber zuzulegen, so daß die Gesichter aus Fleisch steinerner, die steinernen aber näher dem Fleische erschienen. Diese störende Nachbarschaft von Urbild und Bild bemerkte, wie gesagt, auch ich, aber ich liebte sie auch zugleich, wenn ich, wie an jenem Nachmittag, plaudernd so dasaß und den Raum erfüllt sah von Menschen, die redeten und sich bewegten; und von denselben Menschen, die schwiegen und ruhten, immer den an nichts gehefteten Blick in dieselbe Nähe und Ferne gerichtet. Es überkam mich eine Art großer Ruhe über das Schicksal dieser mir nahen und geliebten Menschen, weil ich ihre Bilder ansehen konnte, ja sie bereits fertig sah in diesen Bildern, fertig freilich nur in dem Sinne, wie ein grüner Apfel im August fertig zu nennen ist.

Alle Besorgnis im Gesicht meiner Frau und auch die Enttäuschung besonders in der Miene meines geliebten Mythologen, die Enttäuschung über Ulrikes Gleichgültigkeit für seine Blicke und Worte und eingeschlagenen Gesprächswege erschien seltsam unbedeutend und vergänglich, sobald ich einen Blick auf die Steinbilder warf, die so unberührt von den Eindrücken des Augenblicks dastanden, unberührt und entrückt und jene heitere Wehmut des Erinnerns um die Münder gesammelt, wie sie allen Abschlußformen des Lebens eigen ist, sowohl auf dem Antlitz der Toten wie der Skulpturen.

Ulrikes Bemerkungen kamen übrigens manchmal aus angelesenen Ansichten, aber sie waren, wenn auch nicht eigengewachsen, verständig und vorsichtig. Ihre Mutter, so sagte sie, habe ihr eine gute Anleitung gegeben und manche schöne Monographie geschenkt, aber, so meinte das halbe Kind mit viel Bescheidenheit und ahnungsvollem Wissen: das Begreifen der Plastik sei mehr als das der andern Künste eine Sache des reiferen Alters. Ich hätte sie über diese Ansicht noch gerne weiter ausgefragt, da ertönte – meine Frau sprang in die Höhe – Huhls Stimme am Gatter.

Da war es, während wir drei von seinem Erscheinen zuerst der Stimme beraubt verharrten, als Ulrike ihr Wort vom Bischof anbrachte, ziemlich laut und begeistert; Huhl mußte es vernommen haben.

Langsam trat er durch die breite Türöffnung. »Schau, schau: ein – zwei – drei – vier!« Er zählte behaglich die Anwesenden, und zuletzt, als sein brauner Finger gegen Ulrike gerichtet blieb, blickte er meine Frau fragend an. »Eine Unterschlagung Ihrerseits? Ich erinnere mich nicht, daß Sie das blauäugige Quellnymphchen auch nur in Ihren Gesprächen erwähnten, viel weniger mir ins Haus brachten.«

Meine Frau versetzte, das sei leider nicht möglich gewesen, da »das Quellnymphchen« soeben erst am Meere angelangt sei – »das heißt, an dieser Küste!« fügte Ulrike bei.

»Losgesprochen!« lächelte Huhl, er hatte allen derweil die Hand gegeben.

Wir waren über sein seltsam gelöstes Wesen verwundert, bald bemerkten wir dann, daß er Wein getrunken hatte – wie er später gestand: um den Mut zu seinem Besuch zu finden. Sein Blick streifte die Teetassen einmal mit offener Verachtung, ich lief nach Wein in den Vorratsraum.

»Ich habe Angst vor Tee, wissen Sie«, Huhl hob das Weinglas langsam vor den Mund, »beim Tee muß man sich andauernd so fein benehmen und vor allem so klug reden. Und ich hab' inzwischen alle Übung zum Teetrinken verloren. – Trotzdem«, er wandte sich mit einer Verbeugung an Ulrike, »so gewisse alte Gesellschaftsregeln finde ich ganz – wie soll ich sagen – angenehm, zum Beispiel das Vorstellen, ich kann Sie nämlich beim besten Willen nicht anreden!« Und er verneigte sich noch einmal leicht: »Ich heiße immer noch Ulrich Huhl!«

Er trank, putzte den Bart ab und betrachtete die Weinspur. Wir schwiegen und blickten uns an, die Köpfe hin und her drehend, wir erwarteten etwas, das einer Explosion gleichkommen müßte.

Ulrike lachte: »Ulrich? Denken Sie, ich heiße Ulrike!«

Huhl blickte auf: »Natürlich, ganz natürlich, so sehen Sie auch aus! Ich habe sofort gemerkt, daß wir etwas Gemeinsames haben müßten. Nun ist es hoffentlich nicht nur das Gemeinsame des Namens. Die Chinesen haben eine ganze Gradleiter von Gemeinsamkeiten aufgestellt, die unterste ist die Gemeinsamkeit des Namens; darüber die der Umstände, darüber die der Macht, darüber die der Prinzipien, darüber die der Gemeinsamkeit des Himmels

– jenes Bereiches nämlich, aus dem wir unsere innerste Kraft empfangen. Darauf können Sie alles aufbauen, was Familie, Staat und Hühnerstall ordnet. Die Gemeinsamkeit des bloßen Namens, sagt der Chinese, haben die dem Untergang Verfallenen. Geht uns beide natürlich nicht an. Unsere Gemeinsamkeit der Namen ist Zufall, nicht wahr? Aber wenn ich zum Beispiel Ihr Vater wäre und Sie nichts als meinen bloßen Namen mit mir gemeinsam hätten, wo doch zum mindesten noch die Gemeinsamkeit der Umstände erfordert wäre, wenn nicht sogar die der Prinzipien, nicht wahr, wir beide wären elend daran: notwendigerweise verlören Sie Ihren Vater, ich meine Tochter – Sie also Ihre Vergangenheit, ich meine Zukunft. Aber das sind nur Worte. Wir verlören viel mehr. Wenn wir etwas verlieren, aus dem wir lebten – zum Beispiel die Tochter oder die Frau, die Freundin –, verlieren wir – mein Gott, aber dafür sind Sie noch zu jung!« Huhl nahm vorsichtig das Glas, hielt es jedoch in der auf dem Knie aufgelegten Hand, den Kopf hielt er schräg gesenkt.

Wir drei Verschworenen verharrten derweil wie gelähmt. Wir waren noch immer benommen von Huhls unerwartetem Erscheinen – aber auch ebenso über die Unmittelkarbeit in Huhls Wesen und Erzählen.

Er hatte bedächtig getrunken und das Glas auf den runden niedrigen Tisch gesetzt, um den herum wir saßen. Plötzlich begann er zu lachen, schlug die Pelerine auseinander, zog aus der inneren Tasche ein Buch, und so rief er: »Ich habe es euch versprochen: mein Schlaglichterlexikon gegen die Philosophen.« Zu Ulrike gewandt, fügte er bei: »Ich habe Sie nämlich soeben mit zu ernsten Dingen belästigt, mit den verschiedenen Graden der Gemeinsamkeit. Gott, für junge Mädchen ist alles noch ganz eines und verbunden. Die Risse am Topf merkt man erst, wenn es tickt, manchmal aber auch erst, wenn er leergelaufen ist . . .«

Ulrike blickte ihm über die Schulter in das Buch: Was sagten Sie? Ein Schimpfwörterbuch auf die Philosophen?«

Huhl wandte in seiner jähen Art ihr das Gesicht zu, sein Bart stieß ihr an die Backen. Er murrte: »Ich sagte Schlaglichterbuch, was sich aber mit Ihrem groben Titel ziemlich deckt.« Huhl schmunzelte: »Dies Buch wird auch noch gedruckt, das einzige – und vielleicht das Kochbuch. Ja auf eigene Kosten lasse ich es drucken und verschicken. Alles Freiexemplare!«

»Oh, lesen Sie«, Ulrike wurde eifrig, »wenn's nicht zu arg ist, bitte ich mir eines für meinen Papa aus.«

Meine Frau hustete laut und lange, als Ulrike das ausrief, und mein Freund rutschte geräuschvoll mit mit dem Sessel über die Fliesen und rief: »Ich bezahle sogar ein Exemplar. Lesen Sie, lesen Sie!«

Huhl tat geschmeichelt: »Sieh mal, ich werde sogar noch ein Geschäft machen.« Er wandte sich wieder an Ulrike: »Ihr Vater ist also auch ein Philosoph, aber vielleicht so ein harmloser wie der da –« Er wies gegen den Mythologen.

»Lesen, lesen«, rief auch ich nun, »bei A fangen wir an.«

»Richtig!« Huhl netzte den dicken Zeigefinger. »Natürlich, kein Buchstabe darf sich drücken, wenn es gegen diese Herren geht! Ja, fangen wir an:

Aalglatte, der; gehört zur Familie der Dialektiker;

Allesfresser, schwer zu fangen, im wäßrigen Element; man faßt ihn am besten in seiner eigenen Behausung durch direkten Zugriff; Vorsicht, kann beißen! Im Freien fängt man ihn mit der Angel, fällt auf jeden Köder herein.

Aalquappe, die; noch unentwickelter oder in der Entwicklung steckengebliebener Dialektiker, siehe Aalglatter. Häufig weiblichen Geschlechts. Ungenießbar. Von erfahrenen Fischern als Köder benutzt.

Aas, das; Leben im letzten Zustand, wenn die Abstrakten sich mit ihm eine Weile beschäftigten.

Aasgeier, der; Spielart aus der Familie der Mechanisten. Schließt die Augen und steckt bis zum Halse in der Materie. Häßliches, aber nützliches Tier, das den Kadaver des Lebens, den die Abstrakten zurücklassen, in seinem wissenschaftlichen Gedärm vor den Augen des Himmels verschwinden läßt und ad absurdum führt.

Abgas, das; gewisser, bei philosophischen Erörterungen zurückbleibender, unlösbarer Rest, der von den Beteiligten als störende Nebenerscheinung empfunden wird, von den Unbeteiligten aber als stinkende Haupterscheinung.«

Ulrike lachte lautlos durch die Nase. Meine Frau, die immerfort an die notwendige Bekanntmachung der beiden dachte, hatte vor Aufregung den Schluckauf bekommen, und sobald sie aufmerksam zuhörte, entschlüpfte ihrem Halse wie ein davonhüpfender, hellklingender Pfropfen dieser tückische Laut. Huhl fragte jedesmal ernsthaft: »Haben Sie etwas dagegen einzuwenden?« und fuhr in seiner Lesung fort.

»*Affenarsenal*, das; liebloses Bezeichnung der philosophischen Fachsprache.

Afterphilosoph, der; burschikoser Ausdruck, womit

Fachphilosophen einen Menschen bezeichnen, der auf eigene Faust denkt, ohne der philosophischen Zunft anzugehören, vgl. etwa: Thales, Heraklit, Ekkehart, Böhme, Shakespeare, Goethe, Carus und viele andere.«

Huhl las noch eine Weile weiter. Plötzlich schlug er das Buch zu und rief: »Ihr lacht ja nicht mehr – und Ihr«, er wandte sich gegen meine Frau, »Schluckauf ist verschwunden –«

Ulrike sagte mit einem leichten Naserümpfen: »Das scheint mir auch gar nicht mehr zum Lachen, Sie sind ja gehässig!«

Huhl blieb zuerst unbeweglich. Er räusperte sich, schließlich warf er hastig das Buch hin: »Nun, dann eben nicht! Aber das könnten Sie als Tochter eines Philosophen wissen: Wenn sich ein Wörterbuchverfasser einen solchen Gegenstand wählt, bleibt ihm nichts übrig als – scharf zu schießen, verstehen Sie.«

Ulrike schlug wieder die Augen nieder. »Sie sprachen vorhin von den verschiedenen Graden der Gemeinsamkeit, das gab mir zu denken, Herr Huhl. Aber wenn auch nur die Gemeinsamkeit des Namens zwischen mir und meinem Vater bestünde, wäre es unschicklich vor mir als Tochter, in Ihren Hohn gegen die Philosophen einzustimmen. Was nannten Sie übrigens als nächsthöheren Grad der Gemeinsamkeit?«

Ich entschloß mich, etwas zu tun; mein Freund und meine Frau sagten mir hinterher, daß sie beide wohl zehnmal einen derartigen Entschluß gefaßt hätten, jedoch Ulrikes und Huhls Ahnungslosigkeit stand wie ein Wall vor unserer Absicht, uns des Gespräches zu bemächtigen, das Beieinander abzubrechen und die beiden zu trennen.

Huhl sagte, fragend den Kopf in den Nacken gelegt: »Der nächste Grad: die Gemeinsamkeit der Umstände, vielleicht wäre das Wort Milieu hier am Platze!«

Mein Freund beugte sich vor, seine Frage steuerte offensichtlich ins Allgemeine: »Wer schafft eigentlich das Milieu in einer Familie, der Mann oder die Frau?«

»Na, hören Sie mal«, knutterte Huhl, »natürlich alle, auch die Kinder. Alles, was uns Umstände bereitet, schafft die Lebensumstände, das Milieu!«

Ulrike nickte einmal und sagte, fast hart: »Dann ist's bei uns der Herr Professor, ja, wirklich, Umstände bereitet er uns Frauen genug, – dafür hat man dann auch die Genugtuung«, Ulrike lächelte in zweideutigem Stolz, »die Tochter des Philosophen zu sein.« Sie bog sich in scherzendem Drohen vor: »Sie kennen doch hoffentlich den Neu-Kantianer Reinhold Latten?«

Da war es also denn geschehen. Wir hatten diesem oder einem der tausend möglichen Sätze seit einer halben Stunde entgegengebangt; gelähmt und abgewandt und zugleich – das muß der Wahrheit wegen gesagt sein – auch mit einem unheimlichen Gefühl von Spannung.

Das erste, was wir an Huhl bemerkten, war ein Zucken des Arms. Man hätte ebensogut annehmen können, das Glas, das er hielt, sei elektrisch geladen, oder ein kurzer rheumatischer Schlag habe ihn in der Schulter getroffen. Seltsam war, daß sein Gesicht in steinerner Ruhe verharrte, zunächst wenigstens. Er setzte das Glas eilig hin, doch dann hob er es wieder an den Mund – wie in einem Entschluß und trank es langsam aus. Unmittelbar hinterdrein sagte er: »O ja– den kenne ich – besser als Sie, seine Tochter! Und nun« – er wandte sich mit einem Versuch zu lächeln an uns – »nun weiß ich auch, nun versteh' ich, warum Sie mir Fräulein Latten nicht vorstellen wollten.«

Ulrikes Mund wurde bei ihrem selbstvergessenen Umherblicken noch voller und größer, sie war trotz ihrer klugen Worte doch noch ein rechtes Kind.

Meine Frau stammelte einige Worte der Entschuldigung, doch hätte sie das Warum und Weswegen dieser Entschuldigung nicht sagen können. Die Situation war diesmal bedeutend peinlicher als unter dem Bogengang auf Santa Maria in Castello, als Huhl meinen Freund der Schnüffelei beschuldigte. Endlich wiederholte meine Frau: »Verzeihen Sie, Herr Huhl, Ihr Besuch kam so überraschend für uns. Fräulein Ulrike wird wahrscheinlich schon heute abend wieder abreisen.«

Huhl lachte auf, ungestüm und schallend, das Gewölbe hallte davon. »Gott sei Dank, daß ich kam, daß ich mir den Mut antrank zu diesem Besuch; gesegnet sei der Liter Gragnano, der mich auf die Schwelle Ihres Hauses spülte – um Kättas Tochter zu sehen, Kättas Tochter, fast so schön wie ihre Mutter vor neunzehn Jahren –« Er beugte sich vor, »oder – vielleicht – sag doch, Kindchen, bist du gar Kätta? Aber nein, deine Augenbrauen stehen so dunkel und so nah über den Augen, bei deiner Mutter liegen die Augen hier unter weißen, sanften Böschungen –« Er fuhr mit seinem Finger über Ulrikes Oberlid, das sich bei dieser Bewegung schloß.

Es war bewunderungswürdig, mit welcher Ruhe das Mädchen dasaß. Schließlich lächelte Ulrike und sagte mit einer Geradheit und Einfalt, die sie wie ein Flügelpaar aus unserer Verwirrung und Verlegenheit emporhob: »Jetzt begreife ich vieles: warum mich Mutti Ulrike nannte – nach ihrem Vater, sagte sie zwar – und warum mein Vater mich bis heute Mädi nennt ... Und ich weiß auch, was zwischen Vater und Mutter ist.« Gleich darauf fragte sie, aber mit ganz sachlicher Stimme: »Wissen meine Eltern, daß Sie hier sind, Herr Huhl?« Der Gefragte schüttelte nur unmerklich den Kopf, es schien, als hätte er die Frage nur halb vernommen. Sein Blick ruhte bald in Ulrikes Augen, bald auf ihrer Stirn, er betrachtete sie frei und offen wie ein Bild, – seine Miene verriet tiefe Versunkenheit.

Ich blickte bei einem gewissen Laut, den mein Freund, wenn er nervös ist, mit einem starken Kneten und Reiben der Hände hervorbringt, zur Seite: der Mythologe saß da und biß mit der unteren Zahnreihe die Oberlippe. Er betrachtete in einem fort Huhl, für Ulrike schien er zunächst keine Zeit zu haben. Plötzlich erhob er sich, ging zu dem Wandschrank, entnahm ihm einige Zeitschriften und näherte sich, die Uhr ziehend, Ulrike, die soeben an Huhl die Frage stellte, ob er etwa Bildhauer sei?

Huhl hatte das Gesicht in den Händen, die Ellbogen standen auf seinen breitgespreizten Knien. Ulrike starrte den Regungslosen unverwandt an, ihre Augen waren feucht geworden.

Mein Freund, der hinter ihr stand, konnte das nicht bemerken. Er zog also die Uhr und sagte leise: »Es ist sieben Uhr, Fräulein Ulrike, um sieben Uhr fünfzehn fährt der Omnibus, – wenn Sie den nehmen wollen. Hier sind die Zeitschriften.« Keiner gab ihm eine Antwort.

Unvermittelt stand Huhl auf, sehr langsam waren seine Bewegungen. Er faßte Ulrikes Hand wie die eines Kindes und zog sie in die Höhe. Dann ging er, immer noch ihre Hand haltend, die er auch während des Folgenden nicht mehr ließ, zur Tür. Dort wandte er sich und sagte, fast rauh: »Verzeihen Sie, aber ich muß mit dem Kinde Kättas ein bißchen allein sein, ein bißchen, Sie verstehen?«

Meine Frau raffte schweigend und in einer freudigen Eile Ulrikes Handtäschchen und Hut von meinem Feldbett. Ulrike nahm die Sachen mit ihrer Linken.

Mein Freund trat auf Ulrike zu: »Ihr Vater erwartet Sie eigentlich erst morgen früh. Schicken Sie auf jeden Fall ein Telegramm, wenn Sie hier übernachten, es ist besser. Was die Zeitschriften angeht –«

Ulrike fiel ein: »Die geb' ich am Omnibus ab mit einem Brief.«

Huhl blickte von oben auf Ulrikes Scheitel. »Sie schreiben, daß Sie bei mir in bester Hut sind, das schreiben Sie.« Und er murmelte fast unverständlich: »Ich habe ja auch manch schlaflose Nacht in meinem Leben gehabt, – das bekommt der Philosophie!« Er sog tief den Atem ein und dabei blickte er sich einmal aufmerksam im Studio um, verschiedene meiner Arbeiten mit jenem ruhig erkennenden Blick erfassend, der an einem Werk gleich alles sieht und doch nur am Wesentlichen und Ganzen verweilt. »Verzeihen Sie, wenn ich bis jetzt kein Auge dafür hatte«, rief er fast herzlich, »aber nun habe ich bald ein Auge dafür – wieder – aufs neue! Ich habe wieder eine Werkstatt, weil ich ein Bild in mir habe – sehen Sie, die hier«, er schüttelte ungestüm Ulrikes

Gestalt, ihren Arm hochhebend, »das ist doch ein Bild! Sie werden es sehen – warten Sie – auf Wiedersehen!«

Sie gaben uns nicht die Hand, als sie gingen; ihr Abschied glich mehr einem Fortlaufen. Das Gatter schlug an die Mauer, es war, als hätte Huhl es wegwerfen wollen wie ein Hindernis. Dann klangen ihre Tritte trappelnd auf der Treppe, wirklich, sie liefen.

Die Angelusglocke sang von der Marina herauf.

Mein Freund trat auf die Terrasse und blickte den beiden nach, endlich ging auch meine Frau hinaus, ich folgte. Der Mythologe schüttelte den Kopf und blickte uns an – mich zumal, dann flüsterte er: »Gefroren nannte ich ihn – nicht erfroren, merkt ihr etwas! Überhaupt – wenn ich noch Mitleid für andere übrig hätte, würde ich sagen: Arme Kätta. Jetzt aber – nun ja!«

Wir waren von einer Sache überzeugt: wenn Ulrike an ihren Vater einen Brief durch den Omnibusschaffner vermittelt hatte, mußte Professor Latten und vielleicht auch seine Frau am andern Tage mit dem Omnibus in Città morta eintreffen. Und so war es, das heißt: sie kamen schon morgens. Da kein Omnibus um diese Zeit fuhr, hatten sie ein Taxi genommen.

Wir saßen beim Frühstück auf der Terrasse und erschöpften unsern Vorrat an Vermutungen über die weitere Entwicklung dieses seltsamen Dramas. Ich entschloß mich an diesem Morgen, Huhls Geschichte aufzuschreiben, aber sowohl meine Frau wie der Mythologe, kaum daß ich ihnen von meinem verwegenen Vorhaben eine Andeutung machte, winkten ab.

»Erstens«, argumentierte meine Frau, »bist du Bildhauer; zweitens kannst du von den beteiligten Personen wirklich nicht verlangen, daß sie eine solche Indiskretion einfach hinnehmen.«

Mein Freund sah in diesen weiblich praktischen Überlegungen zunächst noch keinen wesentlichen Hinderungsgrund für meine Absicht. Doch legte er im weiten und breiten da: jeder erzählerische Stoff, der sich darbiete, müsse wiewohl exemplarisch, so doch gleichzeitig von einer gewissen schönen Gewöhnlichkeit sein. Diese Handlung aber – soweit wir sie überschauen könnten – sei eine höchst einmalige Kombination des Lebens, deren allgemeingültige Punkte festzulegen und klar herauszuarbeiten wohl nicht unmöglich, doch überflüssig sei, eben aus dem Grund, weil das Sonderbare und Ausgefallene mehr die Neugierde errege und befriedige als dem abwägenden Sinn entgegenkomme, der nach den allgemeinen Maßen und Verhältnissen sucht.

Ich entgegnete darauf, daß der Stoff einer Erzählung gar nicht der Kritik unterstehe, sondern nur der geformte Stoff, nämlich die fertige Erzählung. Ob der Stoff »zulässig« sei oder nicht, das hänge von nichts ab als von der Frage: Trägt er Leben oder nicht? Was den Erkenntnisgehalt angehe, könne am »Anormalen« der große Kanon sogar besser erkannt werden als am Normalen; was die Schönheit betreffe: sie sei immer nur das Kind der Liebe zwischen Form und Inhalt. Wenn also die beiden sich liebten und ineinanderflössen, sollte die Vorsicht und Besorgnis der Verwandten, der Kritiker also, schweigen.

»Er eifert sich«, lachte mein Freund, »ich wette, er schreibt diese Geschichte und sperrt uns allesamt hinein.«

In diesem Augenblick rief meine Frau, die, nach dem Aufwartemädchen Ausschau zu halten, auf die obere Terrasse gestiegen war: »Wir bekommen Besuch. Ein Herr und eine Dame.«

Wir beiden Männer blickten uns an. Wir waren noch nicht ganz sicher, wer das sein könnte, da flüsterte meine Frau über unseren Köpfen: »Um Gottes willen, er hinkt. Der Professor! Was machen wir nur? Kommt sofort herauf!«

Mein Freund sagte fast wütend: »Aber wieso denn? Es ist doch erst Vormittag!«

Wir liefen eilig auf die obere Terrasse. Meine Frau hatte sich vom Mäuerchen zurückgezogen, wir beiden aber hüteten uns, darüber hinaus in den Garten zu blicken.

Da hörten wir meinen und den Namen meines Freundes, beides für einen Deutschen schwer auszusprechende ungarische Wortgebilde, aus dem Garten steigen. Der Klang unserer verstümmelten Namen in der Luft hatte etwas Spaßhaftes, aber die rufende Stimme war sehr ernst, fast angreiferisch. Ich hatte dabei die groteske Vorstellung, es hätte jemand leere Konservenbüchsen gegen unsere Terrasse emporgeschleudert, so blechern und nichtssagend und zugleich so beleidigend klangen diese unsere sinnentleerten Namen in der heiteren Morgenluft, etwa so: »Herr Krrötötyii, Herr Prapprappyii!«

Wir grinsten uns an und verharrten so, geduckt wie Knaben im Versteck. Meine Frau beugte sich über die Brüstung, sie rief etwas wie »Einen Augenblick«, dann eilte sie an uns vorbei und zischte förmlich: »Ihr seid schuld an diesem Affentheater, jetzt sorgt, daß ihr in einer Minute unten seid!« Damit war sie die äußere Treppe, die von der oberen Terrasse auf die untere führt, hinabgeeilt; das Gatter klappte.

Die Stimmen der drei ließen sich in heftigem, wiewohl durchaus noch höflichem Durcheinander vernehmen. Ich hörte einmal meine Frau ziemlich scharf sagen: »Aber, entschuldigen Sie, Herr Professor, was können wir dafür?«

Latten fiel den beiden Frauen in die Rede mit scharfen kurzen Sätzen und Interjektionen, schließlich rief er: »Hintergangen hat man uns! Ein Komplott! Jawohl – Ihr Herr Gemahl und sein Freund haben uns hintergangen!«

Darauf fiel Kätta ein, ebenfalls aufgeregt, doch vermittelnd und sanfter: »Aber, Reinhold, hör doch, was dir die Dame sagt! – Es ist Ulrikes Schuld – allein Ulrikes Schuld! – Mäßige dich, bitte!«

Die Gruppe stand noch immer draußen vor der Haustür, und meine Frau hatte recht, wenn sie diesen aufgeregten Besuch nicht eher zum Eintreten aufforderte, als bis der Professor seine schneidende Art zu sprechen abgemildert hätte. So traten mein Freund und ich – wir waren durchs Haus gegangen – die Eßzimmertür von innen öffnend, unmittelbar vor die Erregten hin. Meine Frau empfing uns mit scharfem Augenblitzen und verließ uns augenblicklich. Ich dachte, es sei eine Flucht, aber sie bereitete nur den Tee, das Kohlenfeuer war noch wach; so konnten wir zehn Minuten später auf der Terrasse das Frühstück mit frischgefüllter Kanne fortsetzen.

Der Professor hatte sich zwar noch keineswegs beruhigt, doch den Verdacht, daß wir seine Tochter hätten Huhl zuführen wollen, hatte mein Freund mit einer mich rührenden Offenheit kurz und bündig behoben.

»Herr Professor«, sagte er, »Ihre Tochter war eigentlich für mich berechnet. Ich hätte sie – so was sagt man nur zwei-, dreimal im Leben – ich hätte sie geheiratet. Indessen, da kam Huhl, uneingeladen, plötzlich – und nahm sie mit. Schmerzlich, für uns beide schmerzlich!« Der Mythologe lächelte zweideutig und er schloß: »Daß Sie uns allerdings für Mädchenhändler, zumindest für Kuppler halten, stimmt uns ernst in Hinsicht auf Ihren seelischen Zustand.«

Das war sein letztes Wort, das er an diesem Morgen an Reinhold Latten richtete.

Latten, in der Rolle des unglücklichen Vaters, baute diese seine groteske Verdächtigung, daß wir Huhl und Ulrike mit eindeutigen Absichten zusammengebracht hätten, einzig auf der Tatsache unserer Bekanntschaft mit Huhl auf.

Er ging auf der Terrasse hin und her, graziös das hinkende Bein nachziehend. Einmal stieß er dabei fast gegen meine Frau, die den Tee hereinbrachte; und als wäre er allein anwesend, durchschnitt er die Fäden unseres sich anknüpfenden Gespräches mit scharfen, monologhaften Einwürfen: »Wie eine Spinne! Neunzehn Jahre auf der Lauer! – – Das könnte ihm passen! – – Und sie war nicht im Hotel diese Nacht, sag' ich Ihnen, ich habe mich schon erkundigt – – Ein siebzehnjähriges Mädchen allein mit einem solchen Lustmolch –«

Frau Kätta zuckte bei dieser letzten Bemerkung ihres Mannes die Schulter und schüttelte den Kopf: »Hör mal, Reinhold – eine solche Ausdrucksweise ...«

Der Getadelte hatte inzwischen auf die Uhr geschaut, in den Ort drohend hinuntergeblickt, und wieder zwei Zickzackwege über den Zementboden

116

der Terrasse zurückgelegt. Plötzlich rief er: »Und wenn ich seine Tür mit dem Brecheisen aufschlagen muß, ich hole sie mir wieder.« Er wandte sich mit einem Ruck zu uns und rief in einem Tonfall, als erklärte er Huhl für wahnsinnig: »Er ist fast fünfzig Jahre alt, denken Sie sich! Ein Fünfzigjähriger führt ein siebzehnjähriges Mädchen in sein Haus – bleibt die Nacht über mit dem Kind allein – bedenken Sie! Dreißig Jahre Unterschied!«

»Neunundzwanzig!« hörte ich jemand sagen mit einer so objektiven Stimme, daß ich erst nachträglich, als Latten sich scharf gegen seine Frau hinwandte, feststellte, daß sie das Zahlwort hingeworfen hatte.

Kätta trank Tee und blickte aufs Meer hinaus. Sie lachte einmal sogar meine Frau an, sprach von den verrückten Mädchen und unverbesserlichen Männern, bis Latten sich ihr drohend näherte: »Du scheinst dich ja sehr leicht damit abzufinden, daß unsere Tochter von diesem haarigen Faun entführt wurde!«

»Ach, entführt!« Frau Kätta sagte das halb ärgerlich, halb scherzhaft. »Es waren doch genug Ritter in der Nachbarschaft«, sie wies mit ausladender Bewegung auf uns.

Meine Frau sagte ruhig: »Ihre Gattin hat durchaus recht. Von Entführung kann wirklich keine Rede sein. Ulrike ging mit. Damit ist alles gesagt.«

Frau Kätta nickte, meiner Frau einen versteckten Blick zuwerfend; es schien, als ob darin nicht nur Einverständnis mit den Worten meiner Frau liege, sondern Einverständnis – ein bittersüßes Einverständnis – mit der Tochter ...

Latten sprach nun ruhiger, er blieb stehen und

hob taktierend die Hand: »Nun gut, sie ging mit! Was will das anderes besagen als: er entführte sie – zwar nicht mit Brachialgewalt – so doch mit der Gewalt seiner Augen, seiner Stimme – kurz, mit der Suggestivkraft, die das Hauptakzidens dieser Bocksnaturen ist. Nicht einmal, daß er dem Kinde unmittelbar den appetitus carnalis zu erwecken brauchte, er stimulierte ihre jugendliche und zumal ihre weibliche Neugier in genere, und da ihm das gelang, wie man sieht, wird ihm das übrige keine Schwierigkeiten mehr bereiten.«

Kätta seufzte: »Ach Gott, Reinhold, wir wissen ja, daß der Mann Huhl nicht aus Pappdeckel gemacht ist. Aber was soll eine solche Erwägung in diesem Augenblick? Auch ich bin überzeugt, wenn wir Ulrike vierzehn Tage in Huhls Nachbarschaft lassen, ist sie – nach diesem energischen Auftakt – seine Frau.«

Latten schrie, daß wir alle zusammenfuhren: »Niemals! Eher töte ich sie – ihn – sie beide!«

Kätta schöpfte tief Atem, sie hob dabei die Schultern: »Red' doch vernünftig, Reinhold. Töten! Wie willst du das machen?«

Ich muß gestehen, daß mein Zwerchfell einen jähen, krampfhaften Hüpfer tat. Dabei machte sich Frau Kätta weder in Wort und Miene noch in ihrem Stimmfall in irgendeiner Weise lustig über ihren Mann. Es war vielleicht der Ehe-Dialog selber, so voll Tradition und Übung, der in seiner natürlichen Kontrapunktik zum Lachen reizte.

Reinhold Latten hatte sein Kinn zwischen Daumen und Zeigefinger, mit der Rechten zückte er wieder die Uhr. »Es ist jetzt neun Uhr siebzehn. Ein wenig früh für einen Besuch. Aber gehen wir hin.«

Kätta erhob sich: »Meinetwegen, wir kennen ja den Weg.« Sie sagte das lächelnd zu uns hin.

Meine Frau lud die beiden, die sich verabschiedeten, zum Mittagessen ein. Ich führte das auf meine Absicht zurück, diese Geschichte aufzuschreiben – aber als ich ihr das sagte, erhielt ich einen schrecklichen Anraunzer: ich sei bereits ein ekelhaft berechnender Literat geworden.

Es nahm mich übrigens wunder, daß Professor Latten die Einladung angenommen hatte. Vielleicht waren wir für ihn eine Art seelischer Rückzugstellung; er hatte seinen ersten Angriff auf Huhl von vornherein ganz richtig als Mißerfolg gewertet und wollte uns wahrscheinlich zu Zeugen und Stützen seines Unglücks machen.

Wie es sich zeigte, hatten meine Vermutungen recht. Es waren noch keine zwei Stunden vergangen, als er mit seiner Frau bei uns eintraf, von einem Schweigen umgeben, das tragisch zu nennen gewesen wäre, hätte es dieser hinkende Narziß nicht wie jenes absichtlich schmutzige Trauergewand der Antike getragen.

Der Tisch stand gedeckt auf der Terrasse unter dem Sonnensegel. Meine Frau war noch in der Küche beschäftigt, wohin Frau Kätta sofort zur Hilfeleistung verschwand. Mein Freund und ich standen vor der Studiotür, Latten nickte uns nur einige Male kurz zu, wenn er an uns vorbeischritt. Er ging nämlich langsam längs des gedeckten Tisches, hinter dem das Meer blau und funkelnd aufstand, schweigend hin und her.

Schließlich hob er an in einem Ton, der seinerseits voraussetzte, daß wir die ganze Weile des Schweigens auf dieses sein erstes Wort gewartet hät-

ten: »Nun wohl! So sei's! Inter arma silent leges.«
Er sah uns kurz an, um seine schmalen Lippen
schmiegte sich ein Lächeln, dann nickte er drohend.
»Außerdem, ich habe das Recht sogar auf meiner
Seite. Oder nicht?« Wir schwiegen verlegen, auf Zi-
tate und Ausrufe läßt sich nicht antworten.

Da traten glücklicherweise die Frauen mit den
Schüsseln auf die Terrasse. Latten kam neben meine
Frau zu sitzen, auf der Längsseite dem Meer und
seiner Frau gegenüber, die neben meinem Freunde
saß. Für mich war eine Schmalseite des Tisches
übrig.

Als Vorgericht gab es »Elefantenohren«, eine Art
Sülze, mit Weißwein bereitet, die meine Frau auf
Vorrat zu machen pflegte. Dann aßen wir Omeletts.
Ich weiß die Speisenfolge noch so gut, weil Frau
Kätta unsere Privatbezeichnung »Elefantenohren«
großen Spaß bereitete. Sie schien im Gegensatz zu
ihrem Gatten keineswegs übler Laune, vielmehr versuchte sie voll Takt, das lastende Schweigen, das von
Latten ausging, zu mildern. Schließlich begann sie
von ihrem Gang durch den Ort zu erzählen; es habe
sich wenig verändert in der langen Zeit, das elektrische Licht sei vielleicht die einzige Neuerung, die
sie bemerkt habe.

Es war uns einigermaßen peinlich, wie Kätta voraussetzte, daß wir von ihrem früheren Aufenthalt
in Città morta wußten. So versetzte ich erklärend,
ja, wir hätten von Huhl mancherlei aus dieser Zeit
ihres ersten Aufenthaltes in Città morta vernommen. Das wirkte auf Latten wie ein Stichwort.
»Huhl ist ein prächtiger Erzähler, wie?« Er blickte
sich wieder, dieses dünne, zitternde Lächeln um die
Lippen, herausfordernd im Kreise um.

Mein Freund, der sich soeben erhoben hatte, um das Sonnensegel am Draht ein wenig zu sich herüberzuziehen, sagte ziemlich laut: »Das kann man wohl sagen. Obgleich es eine Qual ist, ihn in Gang zu bringen.«

Latten lachte mit hoher Stimme: »Aber wenn er dann in Fahrt ist, wie? O ja! Wissen Sie, er erzählte sich sozusagen meine Freundschaft. Ihm zuzuhören, nicht wahr, Kätta, das war meine Erholung. Besonders, als ich ihn hier in Città morta besuchte, damals vor fast zwanzig Jahren. Wir haben ja alle mehr oder minder unter seinem magnetischen Einfluß gestanden: ich, meine Frau, wie Sie wissen, ebenfalls, und jetzt meine Tochter. Und Sie immer noch, nicht wahr?«

Latten versuchte wieder zu lachen, als er aber bemerkte, daß wir alle über die Teller gebeugt uns dem Omelett zugewandt hielten, sagte er, mit seiner Gabel zustechend: »Trotzdem: den Beweis, daß er ein heimtückischer Mörder ist, trage ich zeitlebens an mir herum. Hat er Ihnen das auch erzählt?«

Kätta flüsterte leise über den Tisch, Latten anstarrend: »So hältst du ein Versprechen?«

Ich fiel ein: »Herr Huhl hat uns den Vorgang erzählt, der sich auf dem Monte Sant' Angelo abspielte.« Da blickten wir alle, Latten ausgenommen, zu der nahen kolossalen Steinwand. Sie stand flimmernd und vergehend im Mittagslicht, grau und rötlich gefleckt.

Endlich schaute auch er, wir blickten bereits wieder vor uns hin, gegen den Berg hinauf; er mußte sich umdrehen, und seine Stuhlbeine machten ein kratzendes Geräusch. »Nun ja! Er hat's erzählt! Ich kann mir genau vorstellen, nach welchem Modus er dabei vorging. Reinhold Latten war der böse Lüstling, der ihm mit allen Kunstgriffen des Verführers seine einzige Geliebte auf dieser Welt entführte. Nicht wahr, Kätta? Und dann, als der Lüstling Reinhold, dem Beraubten Freundschaft vorspiegelnd, ihn wieder besuchte, in Wirklichkeit aber nur, um sich an seinem Triumph zu weiden, brach die alte Liebe zu der Entführten durch, gerade an einem der sehnsüchtigen Sommernachmittage, als sie dort oben stiegen. Blind vor Haß stürzte er sich auf den Räuber, um ihn in den Abgrund zu stürzen.«

Frau Kätta war aufgestanden und, meiner Frau zuwinkend, in die Küche gegangen, sie räumten den Tisch ab. Sie hatte sich erhoben, genau als Latten sein höhnisches »nicht wahr, Kätta« ihr zurief. Sie schien weder erregt noch verlegen, nur ein ausgesprochenes Gefühl von Widerwillen, ja Ekel, stand auf ihrem Gesicht.

Mein Freund machte sich erneut am Sonnensegel zu schaffen. Der Mittag lag schweigend über Meer und Felsen. Die Oliven am Abhang auf den Erdterrassen standen regungslos. Unterhalb der porösen Schattenlast ihres Geästes leuchteten türkisfarben und weiß die Flutflecken der Brandung aus der Tiefe. Über dem silbrigen Baumgewölk begann das Meer von neuem, hier dunkler als die besonnten Baumköpfe. Vom gleißenden Himmel sahen wir nur ein Stück, schief über uns hing ein scharfgeschnittener, viereckiger Schatten, der von der Hand des Mythologen immer aufs neue verschoben wurde. Die Sonne schien uns diesen Nachmittag langsam zu gehen, und mein Freund rückte am Segel, als wolle er die Sonne zur Eile bewegen.

Wir hatten auf Lattens letzte Ausführungen noch

immer nichts geantwortet. Wir rauchten und blickten aufs Meer. Ungestüm unterbrach er die Stille:
»Ich bin kein Erzähler, Gott sei Dank nicht, aber
selbst wenn ich ein guter Erzähler wäre, ein ebenso
guter, ja noch besserer als Huhl: ich käme zu spät.
Wer zuerst erzählt, erzählt am besten.« Er schwieg
und lächelte, dann schaute er uns an. Als er merkte,
daß keiner von uns beiden darauf etwas zu entgegnen entschlossen war, fuhr er eilig fort, als wollte er
uns verhindern, etwas einzuwerfen: »Nicht, daß Sie
glauben, ich hätte die Absicht, mich vor Ihnen rein-
zuwaschen. Aber Sie sind Mitwisser von Gescheh-
nissen, einseitig unterrichtete Mitwisser, die nun zu
Zeugen eines sich abschließenden Prozesses werden,
– ich brauche das Wort Prozeß nicht symbolisch,
merken Sie das wohl! Und nur nach dem bekannten: ›audiatur et altera pars‹ bemühte ich mich, gegen Huhls Phantasien meine Fakten zu stellen.«

Ich hörte einen leisen Schritt auf der Terrasse, es
war der Mythologe, der sich entfernte, er ging in
die Küche zu den Frauen. Wie er mir später mit-
teilte, hatte er sofort Frau Kätta verständigt, daß
ihr Gatte sich mit Prozeßabsichten trage, und daß
er und wohl auch wir, seine Freunde, keineswegs
mit dieser Angelegenheit belästigt sein möchten.
Frau Kätta hatte nur einmal verächtlich aufgelacht.
»Herr Professor, dafür lassen Sie mich sorgen.« Als
mein Freund fragte, wie der Besuch bei Huhl aus-
gelaufen sei, fragte sie erstaunt: »Der Besuch? Wieso? Ah, davon erzählte er nichts? – Wir standen
über eine Stunde vor der verschlossenen Tür und
klopften. Das war der ganze Besuch. Im Hause war
es totenstill. Und die Nachbarn guckten über die
Mäuerchen, das war das Ergebnis.«

Aus ihren Worten oder Mienen ihre persönliche Stellungnahme zu Ulrikes Handlungsweise herauszufinden, war sehr schwer. Kätta gehörte keineswegs zu den Frauen, die aus ungestilltem Lebenshunger der Tochter den Liebhaber mißgönnen, zumal dann, wenn dieser den eigenen Mann ohne weiteres in den Schatten stellt. Dieser Liebhaber jedoch – und es war ihr gleich am Anfang gewiß, daß Huhl die Tochter liebte! – war der Mann, nach welchem sie ihre Tochter benannt hatte. Allein – Kätta schwieg vorläufig noch, und die Art und Weise, wie sie schwieg und zusah, gehörte zu den überlegensten menschlichen Haltungen, die ich je kennenlernte. Auch mein Freund, der sich in Kättas Nachbarschaft über Ulrike zu trösten versuchte, und desgleichen meine Frau hatten Kätta gleich an diesem ersten Tag in ihr Herz geschlossen.

Die Damen waren in das obere Stockwerk gestiegen, wo meine Frau die ersten Bruchstücke einer Babyausstattung Kätta vorzeigte. Und wie es so geht: Kätta bot meiner Frau Ulrikes wohlerhaltene Babywäsche an, es sei ja gerade dazu der rechte Augenblick, »dieses Andenken auf eine nette Weise loszuwerden«, so sagte Kätta. Meine Frau versicherte mir später, daß just in diesem Augenblick, als Kätta sich gerade rasch eine Träne abwischte, der Junge, der den Brief brachte, gerufen habe.

Kätta kam bald zu uns auf die Terrasse und reichte schweigend den geöffneten Brief ihrem Mann. Kaum hatte er ihn gelesen, als er weiß wurde und wütend schrie, die Sehnen seines mageren Halses drohten den Kragen zu sprengen: »Ein Gipfel! Dahinter steckt Huhl in Lebensgröße! Meine Tochter ist zu solcher Impertinenz ganz und gar unfähig!«

Der Brief, ich habe ihn noch heute in meinen Papieren, stammte von Ulrike. Ich war überrascht von ihrer kleinen und sehr bestimmten Schrift, der Eigensinn sprach aus diesen wie mit dem Lot ausgewogenen, senkrechten Buchstaben.

»Liebe Mutter«, schrieb sie, »wir konnten leider die Tür nicht öffnen, weil wir – besonders aber Ulrich Huhl – aufregende Auftritte wie die Pest hassen. Er hat mir aus seinem Leben erzählt und dabei ein Porträt von mir begonnen. Das waren die größten Stunden meines Lebens. Nach neunzehn Jahren das erste Bild, das er wieder macht, und das bin ich. Nun zur Sache. Ich will nicht im Krach mit Euch auseinander. Ihr wißt, wie sehr ich Dich und Papa liebe. Ich bin erst siebzehn, Ihr könnt uns Schwierigkeiten machen. Aber wenn Ihr das tut, mache ich Euch noch größere. Nun schlage ich folgendes vor: wenn mir Papa durch den Botenjungen schriftlich bestätigt, 1. daß er ruhig bleibt, 2. keinerlei Gewaltmaßnahmen gegen mich unternimmt, 3. mich nach der Unterredung gehen läßt, wohin ich will –, komme ich mit oder ohne Huhl zu dieser Unterredung. Damit aber eine öffentliche und dadurch sachliche Stimmung herrscht, schlage ich vor, daß Huhls Freunde mit an der Aussprache teilnehmen. Schlägt mir Papa die Unterredung ab, bleibe ich bis zu dem Zeitpunkt, da er sie mir gewährt, bei Huhl – als bei meinem Beschützer und Freund, den ich verehre und anbete. Er ist der Mann, wie ich ihn mir nie zu wünschen wagte. Du, liebe Mama, sollst über Deinen Irrtum, den Du, ihn betreffend, begingst, nicht mehr trauern. Ich bin bereit, den Irrtum gutzumachen. Gib sofort Antwort Deiner Ulrike.«

Kaum legte ich den Brief auf den Tisch, als Latten hoch auflachte, den Kopf schüttelte und rief: »Nun, was sagen Sie zu diesem Brief?«

Ich sagte, der Brief sei zwar inhaltlich exaltiert, eine Selbstverständlichkeit bei solchem Anlaß, jedoch merkwürdig ruhig und klar. »Ich möchte Sie darauf aufmerksam machen, Herr Professor«, fügte ich bei, »mir fiel schon die eigensinnige Stirn und das klare Kinn Ihrer Tochter auf, nun kommt dazu diese Handschrift, die wie in Metall geschnitten ist –«

Latten unterbrach mich, er schlug mit der Hand einmal kurz durch die Luft. »Hören Sie doch auf mit solchen Dummheiten! Ich kenne meine Tochter! Man nehme diesen Huhl fort, und sie ist wieder Mädi wie zuvor.«

»Ja, aber nimm ihn mal fort.« Das hatte Kätta mit ruhiger Stimme eingeworfen.

Latten wandte sich gereizt gegen seine Frau. »Deine Randbemerkungen bin ich seit Jahren gewohnt, aber in dieser Situation, in der ich mich befinde –«

Kätta unterbrach ihn: »In der wir uns befinden, willst du sagen.«

Latten fixierte seine Frau, dann strahlten die Fältchen um seine Augen, er flüsterte fast: »Ich weiß nicht, ob dir diese Situation wirklich so fatal erscheint. Wenn aber doch – um so schlimmer für uns beide, du verstehst.«

Kätta stand da und hatte ihre Hände vor dem Leib ineinanderliegen; ich sah, wie diese Hände einander kneteten. Sie senkte dabei den Blick und sah zu Boden. Als er geendet hatte, blickte sie zum Himmel und hob die Hände: »Großer Gott der Phi-

126

losophen, **rate du mir,** was ich meinem Mann darauf sagen soll!« In ihrem Tonfall lag auch jetzt noch kein Hohn, sie hatte ihre Erregung in einer spielerischen Geste vertan.

Meine Frau war leise von hinten an sie herangetreten. Kätta wandte sich und lächelte müde: »Wenn doch alle Ehefragen unter einem Paar neutraler Augen und unter einem solch klaren Himmel sich regeln könnten. Sehen Sie, liebe Gastgeberin, mein Mann ist offenbar eifersüchtig.« Sie blickte Latten scherzhaft fragend an, der wandte sich und hinkte ein paarmal auf und ab. »Denn, passen Sie auf: wenn ich mich über Ulrikes Leidenschaft für Huhl nicht aufrege, sympathisiere ich mit Huhl – in der Rolle des Schwiegersohnes. Rege ich mich aber auf, bin ich eifersüchtig auf Huhl – als meinen ehemaligen Freund.«

Latten wandte sich auf dem Absatz seiner Frau zu und stach mit dem Zeigefinger gegen sie in die Luft. »Richtig!« rief er – sonst nichts.

Aus dem Studio scholl ein breites, schier unaufhörliches »Hahaha, hahaha«, wir blickten alle in die Richtung des Lachens. Da saß der Mythologe im Liegestuhl, ein Buch vor dem Gesicht. Ich muß gestehen, ich hatte meinen Freund noch nie in einer so ausgesprochen jungenhaften Verfassung gesehen. Er trug sonst stets eher ein wenig den ehrwürdigen Gelehrten als oberste Haut. Latten schüttelte den Kopf und blickte mich mißtrauisch und zum Kampf entschlossen an. Da nun aber mein Freund von uns, die wir keine fünf Schritt entfernt standen, nicht die geringste Notiz nahm und in diesem Augenblick auch der Botenjunge schüchtern vortrat und um den Antwortbrief für den signore panciotto bat, räusperte sich Latten nur abschließend und sagte zu seiner Frau: »Der Brief war ja an dich gerichtet. Also bitte, antworte.«

Kätta hatte den Vorgang richtig begriffen, und innerlich davon erquickt, versetzte sie graziös: »O nein, mein Gebieter! Das heißt, ich antworte gerne, aber nur als deine Sekretärin.«

Latten griff sich zupfend an das Kinn, er hielt den Kopf lange gesenkt. Mir fiel bei dieser Gelegenheit Lattens genau gezogener Scheitel auf. Das Haar war grau und üppig und verriet liebevollste Pflege. Sein Bartwuchs war schwach, die Wangen schienen unrasiert wie die eines Knaben, doch knitterten sie bereits pergamenten.

»Zunächst«, er hob den Kopf und blickte suchend umher; als er meiner Frau ansichtig wurde, verneigte er sich leicht: »Die gnädige Frau muß als erste gefragt werden: Sind Sie bereit, Ihr Haus zu dieser, nun, sagen wir: Kapitulation meiner Tochter bereitzustellen?«

Meine Frau wies gegen mich hin: »Es ist das Studio meines Mannes, wo wir uns heute abend befinden. Also bitte!«

Ich sagte einfach, wenn man die Bedingungen einhielte, die der Unterhändlerin versprochen würden, also: Sicherheit und freies Geleit, fühlte ich mich geehrt – und so weiter. Ich suchte die Angelegenheit auf einen leichteren Ton zu stellen.

Darauf sagte Latten bestimmend: »Also gut, Kätta, sagen wir um neun. Wir müßten uns wohl inzwischen im Hotel ein Zimmer suchen. Wir kommen nach dem Essen, gnädige Frau.«

Kätta fiel ein: »Und du verpflichtest dich also, Ulrikes drei Punkte zu respektieren?«

Latten nickte: »Schreib ihr: Dein Vater gilt Dir hoffentlich als ein Ehrenmann, und er wird als solcher sich aufführen.« Latten schaute, als er dies sprach, aufs Meer hinaus. Sein Blick aber, stumpf und nichts schauend, hing in unausgesprochenen Gedanken.

Ich notierte mir, kaum daß Kätta mit ihrem Gatten eine halbe Stunde später gegangen war, Lattens Versprechen in ein Heft, und meine Hausgenossen bestätigten mir, daß die Worte stimmten. Meine Frau fragte erstaunt, ob ich etwa Latten mißtraute.

Der Mythologe neckte sie: »O Aglaia, selig sind, die ein reines Herz haben.«

»Aber Sie glauben doch nicht, daß er es wagt –«, meine Frau vermochte es nicht, diesen Verdacht in Worte zu bringen.

Wir Männer dagegen waren der festen Überzeugung, daß Latten jedes ihm nur zur Verfügung stehende Mittel benutzen würde, um Ulrikes Rückkehr in Huhls Haus zu verhindern.

Mein Freund machte sich bald darauf zu einem Spaziergang auf, wie er sagte. Er kam pünktlich nach seiner Gewohnheit zum Abendessen. Zuerst verhielt er sich schweigend und aß schnell einige Bissen, dann schob er den Teller fort. »Verzeiht, aber es schmeckt mir heute abend nicht, ich bin zu erregt.« Und er gestand uns: also, er habe das Haus der Carabinieri bewacht, über eine Stunde. Und wirklich, er habe Latten dort eintreten sehen. Nach einer Viertelstunde sei er wieder herausgekommen, habe sein Jackett zurechtgezupft und seinen Gehstock einmal an einem kleinen Steinchen wie einen Schläger erprobt. »Darauf ging ich zum Maresciallo und setzte ihm meinerseits – unsererseits die Sache

auseinander. Ich konnte das galante Kerlchen überzeugen, daß es 1. ganz im allgemeinen höchst takt-
los von ihm wäre, sich in Liebeshändel mit dem Säbel einzumischen, 2. daß es auf die Fremden des
Ortes nicht günstig wirke, wenn die königlichen Carabinieri zu ausgesprochen privaten Angelegenheiten Stellung nähmen, 3. daß Professor Latten
entweder sich in einem Zustande geistiger Unzurech-
nungsfähigkeit befinde oder aber ein Wortbrüchi-
ger und Ehrloser sei. Die Geschichte selber erregte
seine glühendste Anteilnahme. Ich merkte, daß er
Huhl wie eine Art guten Dämons einschätzte. – Kurz,
er versprach, diskret lächelnd, daß er heute abend
sehr müde sein werde und daß er seiner Frau – das
dürfe er doch? – diese schöne Geschichte erzähle.«

Die Erzählung unseres Freundes hatte uns traurig
gestimmt.

Kätta erschien mit ihrem Gatten einige Minuten
vor neun. Latten war nervös, aber in ausgesprochen
guter Stimmung. Er hatte bis zu dem Augenblick,
da Ulrike ins Atelier eintrat, wohl zehnmal nach der
Uhr geschaut, und dabei kam sie beinahe pünktlich.

Ulrike ließ mit ihrem Erscheinen keine Verlegenheit aufkommen. Sie war aus Sorrent ohne Gepäck
nach Città morta gekommen, und so trat sie in demselben Leinenkostüm ein, in welchem sie die Eltern
tags zuvor verlassen hatte. Sie küßte die Mutter mit
einem gar nicht verlegenen: »Guten Abend, wie
geht's?« Dann ging sie zu Latten und wollte auch
ihn auf die Wange küssen. Aber er zuckte zurück
und murmelte: »Das später!« Darauf begrüßte sie
uns der Reihe nach. Als sie sich setzte und niemand
zu sprechen begann, lachte sie mit niedergeschlage-

Herren Künstler und auch die Herren Mythologen«, er verbeugte sich nach der andern Seite, »können darin einem mageren Moralisten keineswegs folgen. Verstehen Sie mich recht: ich gestehe Ihnen ohne weiteres zu, daß dies kein Gebiet der Philosophie ist, ich also in keiner Weise eine Kompetenz habe. Soweit es sich aber um eine Frage des Taktes handelt, darf ich mich einmischen, denn auch ein Philosoph ist schließlich ein Mensch.«

»Gewiß, doch gibt es auch taktlose Menschen.«

Wenn ich es mir heute überlege, daß diese Bemerkung in meinem Hause einem Gaste gegenüber gemacht wurde, den wir kaum einen Tag kannten, und daß es meine Frau war, die mit eiskalter Stimme diese Bemerkung vorbrachte, überkommt mich jetzt noch ein Gefühl von Beklemmung. Hätte meine Frau nichts davon erfahren, daß Latten die Carabinieri um Beistand gegen die eigene Tochter angegangen war, gewiß wäre ihr diese Beleidigung niemals möglich gewesen.

Der Beleidigte errötete und hob schroff die Stirn. Ich hob die Hand und gähnte, ich spielte den Harmlosen. Ich war, wiewohl vom Benehmen meiner Frau im ersten Augenblick verärgert, dennoch unendlich weit entfernt von dem, was Latten von mir erwartete: meine Frau vor der ganzen Gesellschaft zu tadeln.

»Nun, gnädige Frau«, Latten hatte das Verbeugen an diesem Abend wie eine fixe Bewegung angenommen, »ich danke für Ihre Zurechtweisung. Doch möchte ich Sie bitten, Ihre unerhörte Offenheit mit einer zweiten gutzumachen. Wenn Sie mir eine taktlose Handlung, die wohlgemerkt kein auf Huhlsche Erzählungen aufgebautes Fundament haben darf, nachweisen können, ersuche ich Sie, das zu tun. Andernfalls sehe ich mich genötigt, Sie zu bitten, Ihren Tadel zu löschen!«

Er lächelte um die Augen und verneigte sich wieder, diesmal jedoch sozusagen nur mit den Augenlidern. Ich räusperte mich, es schien mir an der Zeit, das Wort an mich zu reißen. Da kam die stets so ruhige Stimme des Mythologen: »Sie stellen gefährliche Fragen, Herr Professor. Wenn Sie gestatten, daß ich einer Dame eine unangenehme Aufgabe abnehme –?«

»Bitte!« Latten nickte gewichtig.

»– so möchte ich«, fuhr mein Freund fort, »Sie daran erinnern, daß Sie gewisse Versprechungen Ihrem Fräulein Tochter durch Ihre Frau schriftlich geben ließen.«

Frau Kätta beugte sich neugierig zu dem Sprechenden. Latten zog nachdenklich die Brauen zusammen, dann lachte er plötzlich auf. »Ach ja – die Hauptsache, da ist ja noch meine Tochter.«

Wir, meine Frau, mein Freund und ich, blickten uns schnell und voll Einverständnis an. Frau Kätta mußte das Blinkfeuer unserer Augen bemerkt haben, sie fragte: »Das Auto ist für zehn bestellt. Erledige deine Geschichte mit Ulrike, damit wir im klaren sind und uns in einer halben Stunde verabschieden können.«

Latten nickte gütig: »Ja, Mädi, also sag mir: du fährst heute abend mit uns nach Sorrent. Sag ja, und der Fall ist in sich zusammengesunken wie minus eins plus eins. Ich kann viel vergessen, Mädi. Du kommst mit?«

Ulrike setzte mit ihrer vollen Stimme ein klares »Nein« unter mein Gewölbe, das ich, so oft mir die

Erinnerung an jenen Abend kommt, stets aufs neue höre.

Latten warf das übergeschlagene Bein auf die Fliesen, er beugte sich vor: »Du willst es also zum Äußersten kommen lassen?« Frau Kätta schüttelte den Kopf und blickte immerzu mit diesem fernen, losgelösten Blick ihre Tochter an.

Ulrike zog die dunklen Brauen zusammen, das Blau ihrer Augen verschwand fast darunter: »Was meinst du damit?«

Latten schöpfte tief Atem, er rief: »Nein, so nicht! Ich sage dir, du kennst diesen Mann nicht. Er ist ein Märchenerzähler. Er lügt nie, nein –!« Latten blickte uns mitleidig an, »aber er versteht es, den Leuten halbe Wahrheiten zu bieten. Die fehlende Hälfte ersetzt er durch seine redlichen, ungehobelten Gesten, durch Augenrollen und Weintrinken.« Er entzündete sich eine Zigarette: »Um ganz ruhig zu sprechen, wie du es deinem Vater schriftlich abverlangtest: Denk einmal daran, daß du siebzehn bist, er aber, sagen wir rund: fünfzig!«

Ulrike lächelte: »In dieser Nacht schnitt er sich den Bart ab und rasierte sich. Er sieht aus wie ein Mann von vierzig.«

»Den Bart ab.« Latten sagte das mit bestürztem Gesicht, er schien diese Mitteilung für sehr gewichtig zu nehmen.

Wir übrigen stellten uns den bartlosen Huhl vor und schmunzelten alle auf dieselbe Weise. Seine Absichten auf Ulrike konnten sich nicht klarer aussprechen. Er war dabei, sich ihretwegen zu verwandeln.

»Wie schade!« sagte bedauernd der Mythologe, »es ist fast, als solle man sich den Donnerer Zeus bartlos vorstellen – und Sie, Fräulein Ulrike, haben die Schuld!«

Das Mädchen war verlegen. »Ich hätte ihn nie darum gebeten. Er kam heute morgen ohne Bart aus seinem Zimmer und sagte, er wolle mit seiner Vergangenheit aufräumen.«

»Wo schliefst du denn die Nacht?« Lattens Frage kam mit gespielter Harmlosigkeit.

»Natürlich auf der Schwelle seines Zimmers.«

Wir fürchteten, Ulrikes spöttische Antwort würde Latten in Wut versetzen, aber er zog nur verstohlen die Uhr unter dem Jackett, er nickte:

»Nun wohl, er schnitt sich den Bart ab. Das nenne ich eine einfache Art, mit seiner Vergangenheit aufzuräumen. Er hatte von jeher diesen Zug zur Vereinfachung auf allen Gebieten. Deiner Mutter, als sie noch seine Geliebte war, pflegte er Ohrfeigen zu geben.« Kätta errötete und wollte etwas sagen, doch sie schüttelte nur den Kopf. Latten fuhr fort: »Seine Aufwartefrau brüllte er an, daß sie einen epileptischen Anfall bekam, den Weinhändler bezahlte er mit der Axt –« Kätta lachte fröhlich auf, Latten schoß sie mit einem scharfen Blick an, »und mich schmiß er hinterrücks vom Monte Sant' Angelo hinunter, um mich zu töten! Sieh mal, Mädi, ich habe dir von diesem Menschen nie etwas erzählt, ich sagte dir, ich sei bei einer Bergpartie abgestürzt. Nicht einmal den Ort wollte ich wiedersehen; ich gab dir tausend falsche Gründe an, die dir seltsam erscheinen mußten. Dabei nahmen deine Mutter und ich keineswegs an, daß er noch hier sitzen könne. Nein, der Ort allein war uns widerlich und abscheulich, weil dieser Mensch hier mit uns eine Zeitlang zusammen gelebt hat.«

Huhl so ahnungslos in meine Falle gegangen war. Er ließ nur einen kurzen fürchterlichen Fluch los, zog das Bein heraus und dann näherte er sich mir langsam in der Dunkelheit. Weil ich nun mein abscheuliches Vorhaben von ihm durchschaut glaubte, wich ich zurück und lief eilends die Treppe hinauf. Er kam hinterher, hinkend und erst vor unserem Hause holte er mich ein. Er schloß schnell auf, ließ uns eintreten, schloß zu und dann lief er mir auf die Terrasse nach, wo ich hilflos und voller Angst nach dir schrie. Aber du halfst mir keineswegs. Huhl zog mich an den Haaren in sein Schlafzimmer und knurrte einige Male: ›Sag die Wahrheit, sag die Wahrheit!‹ Ich schwieg und zitterte, du standst dabei und sagtest: ›Aber Ulrich, bist du wahnsinnig geworden?‹ Huhl wandte sich gegen dich und rief: ›Hinaus oder bleib hier, wie du willst, ich will dir zeigen, wie man Frauen behandelt, die ihren Männern das Weinquantum vorrechnen und sie dann in Abflußlöcher gängeln.‹ So packte er mich und schlug mich, wie ich es verdient hatte.«

Latten versetzte schamlos: »Und als er dir mit dem Holzschuh beinah die Hirnschale zertrümmerte?«

»Ah!« Kätta nickte, »da warst du nicht Zeuge, das habe ich dir erzählt – freilich unter Schweigepflicht, wie gesagt. In dieser Nacht erwachte Huhl aus seinem Weinrausch in seinem Bett und fand mich in seinem Zimmer ostentativ geräuschvoll in seinen Büchern kramend. Ich wollte ihm meine Trauer über seine Trunksucht zeigen und fragte ihn, wie es ihm gehe. Da rief er, ich solle hinausgehen. Ich ging nicht, sondern beugte mich mit einer Miene voll Ekel und Verdruß über ihn. Ich hatte soeben ein

Glas Likör getrunken, weil ich mich wachhalten wollte. Als er meinen Atem verspürte, schrie er plötzlich: ›Du trinkst – wie? Du bist eine heimliche Trinkerin!‹ In seinem Rausch hatte er nämlich die Vorstellung, ich sei betrunken – und zwar aus Trauer über ihn. Ich widersprach ihm mit scharfen Worten, drohte, ihn zu verlassen, wenn er sich nicht von seinem ›Alkoholismus‹ befreie. Kaum hörte er diesen Satz, schrie er: ›Das hat dir der Philosoph gesagt, der Philosoph hat dich besoffen gemacht! O pfui, ein besoffenes Weib!‹ Das letzte schrie er mehrmals, und dann nahm er seinen Holzschuh, der vor dem Bett stand – und schlug ihn mir einige Male über den Kopf. Ich hätte beim ersten Schlag entweichen können, aber voll Trotz dachte ich: ›Soll er mich doch totschlagen!‹ Plötzlich warf er den Holzschuh weit von sich und rief: ›Wahnsinn – ein besoffener Mann und ein besoffenes Weib!‹ Ich ging leise hinaus, ich konnte ihn nicht weinen hören.«

Ulrike sagte ruhig: »Punkt Ohrfeigen wäre damit erledigt. Ich habe keine Angst davor.«

Meine Frau lächelte: »Gelegentliche Handgreiflichkeiten können ebensogut das Zeichen für eine sehr gute wie eine sehr schlechte Ehe sein!«

Kätta nickte gedankenvoll, sie betrachtete mit schrägem Kopf ihren Mann.

Ulrike wandte sich gegen ihre Mutter, die aus ihrem Nachsinnen leicht emporfuhr: »Und wie bezahlte er mit der Axt seinen Weinhändler? Um alles der Reihe nach zu erledigen.« Kätta lachte: »Der Krämer Vincenzo hatte uns mit Kalk, Zucker und Marsala aufgebesserten Città morta-Wein als ›Vino di Vesuvio‹ verkauft. Unglücklicherweise hatten wir auch noch Gäste. Huhl merkte sofort, daß der Wein nicht in Ordnung war, wollte aber der Gäste wegen nichts verlauten lassen. Nach einer Stunde verschwand eine junge Dame, das Taschentuch jäh an die Lippen drückend, dem Ausgang zueilend. Bald folgte ein amerikanischer Herr, der Huhls Arbeiten zu sehen gekommen war, auf dieselbe Weise. Er entschuldigte sich beim Zurückkommen mit einer Leberaffektion. Darauf lief mein Mann hinaus«, Latten, streng und würdevoll, nickte in Erinnerung, »und schließlich hatten wir alle denselben Weg gemacht, dessen Stationen überall leicht erkenntliche Spuren zeigten; – nur Huhl trank zornig bis zuletzt. Er sprach kein Wort, endlich erhob auch er sich langsam und ging hinaus. Als er zurückkam, trug er eine Axt in der Hand. Er bat uns mit nebensächlichster Stimme, ihn zu begleiten. Mitten in der Nacht weckte er den Krämer Vincenzo: er brauche noch ein paar Liter Wein. Huhl ließ sich das Faß zeigen, übrigens kein Holzfaß, sondern ein großer Tonkrug, der über hundert Liter fassen mochte und gefüllt mitten im Laden auf einem Holzbock stand. Huhl sagte kurz und rauh zu Vincenzo: ›Alter Gauner, sieh diese meine Gäste an! Ist dies der Behälter, aus dem du sie vergiftetest?‹ Vincenzo deklamierte eine Weile. Huhl wiederholte nur dieselbe Frage. Als Vincenzo endlich bejahte, da fuhr auch schon unter Huhls Pelerine die Axt hervor. Vincenzos Hosen waren rot vom hervorspritzenden Wein. Er sah wie ein Massenmörder aus, der bis zu den Knien im Blut gewatet war. ›Weinfälschen ist ein Sakrileg‹, hatte Huhl dem erstarrten Vincenzo ins Ohr gerufen und außerdem ihm gedroht, das nächste Mal nötige er ihm von seiner Mischung drei Liter in den Bauch. Das ist aber nie geschehen, nehme ich an, denn Huhl versteht es, sich Autorität zu verschaffen.«

Latten nickte doppelsinnig und voller Gehässigkeit: »Das muß ich sagen. Noch nach zwanzig Jahren wird dir jede seiner Brutalitäten zu einem Anlaß, ihn wortreich zu verherrlichen.«

Kätta senkte den Kopf: »Dann erzähl' du doch zum Beispiel, wie Huhl dich ermorden wollte.«

Latte beugte sich vor: »Jawohl, hör zu, Mädi. Nachdem ich mit deiner Mutter verheiratet war, besuchte ich ihn. Ich hatte das Bedürfnis, dem einsam in Città morta sitzenden Mann zu zeigen, daß meine Freundschaft für ihn intakt geblieben sei. Ich ging dabei von der Annahme aus, daß Frauengeschichten Männer wohl zeitlich erzürnen und trennen, niemals aber für die Dauer auseinanderbringen könnten. Ich hielt ihn trotz der Wildheit seines Wesens für eine in geistiger Hinsicht überlegene Natur, das heißt für einen zu konsequentem Denken bereiten Kopf, wenigstens in den Hauptsachen. Er hatte Kätta weggeschickt, das zu erzählen führte zu weit – in vieler Hinsicht zu weit –«

Kätta lächelte bitter, sie blickte auf ihre Hände, die sie im Schoß ineinandergeflochten hatte, sie wirkte in dieser Haltung viel älter, sie sah wie eine Frau aus, die zurückdenkt.

Lattens goldgelbe Augen ruhten prüfend auf seiner Tochter, er wog jedes Wort, das er sprach, in ihrer Miene. Manchmal blickte er durch die geöffnete Tür auf die Terrasse. Es war inzwischen so dämmerig geworden, daß ich mitten in Lattens Darstellung einige Minuten später das elektrische Licht anschaltete, wovon der Erzählende sehr gestört wurde.

»Also, Mädi, mit einfachen Worten und ganz ohne philosophische Fachausdrücke!« Latten lächelte seinem, wie er glaubte, herablassenden Scherzen spielerisch nach: »Ich suchte also Huhl auf. Er war freundlich, polternd und herzhaft wie früher. Nach deiner Mutter fragte er kaum. Daß sie guter Hoffnung sei, schien ihm Spaß zu verursachen, er bemerkte zu diesem Faktum, er habe Kätta noch ganz als ein Mädchen in seiner Vorstellung getragen. Daß sie zur Mutter geeignet sein könnte, habe er nie recht bedacht in der Zeit, als er mit ihr zusammen war. Man bedenke! Ich bewunderte seine Gesundheit, die sich durch das Dunkle und Schwere des Lebens einfach hindurchschlief. Ich nannte seinen Schlaf geradezu Philosophie, so weit ging ich, um«, Latten unterbrach sich, uns mit wehmütiger Nachsicht anlächelnd, »um, wie soll ich sagen, um ihm beizupflichten. Wohlverstanden, dieses Beipflichten fiel mir sehr schwer. Ich war von soviel Schnelligkeit im Vergessen unangenehm berührt. Trotzdem mußte ich sehr zufrieden sein, daß er sich nicht zergrämte, mich und Kätta nicht haßte und so weiter. Ich pflichtete also seiner Haltung von Ruhe und philosophischem Gleichmut bei. In Wirklichkeit war er aber keineswegs ruhig, gleichmütig und überlegen. Das spielte er mir vor, um mich in Sicherheit zu wiegen, wie das die abgefeimten Mörder immer zu tun pflegen. In meiner Harmlosigkeit bemerkte ich nichts – und ich schäme mich nicht, das voll und ganz einzugestehen.

Wir stiegen also auf den Monte Sant' Angelo. Wir sprachen von diesem und jenem, sogar von Mistkäfern, ich erinnere mich dieses Themas noch sehr genau. Ich weiß sogar, daß ich in bezug auf die

Käfer im Steigen mir eine Notiz machte, die ich in meiner Erkenntniskritik benutzte, wenn Ihnen das auch lächerlich vorkommen mag –« Lattens Gesicht wandte sich uns in der bekannten exakten Drehung zu. Er mochte wohl bemerkt haben, daß uns die Art seines Erzählens langweilig wurde, aber keineswegs, weil wir den Inhalt bereits kannten.

Er hatte die Gelegenheit, uns ein Thema auf eine Weise zu variieren, daß er Note um Note – nämlich Huhls Darstellung – hätte hinausspielen können. Statt dessen ließ der Erzählende, er, der immer von den Fakten sprach, die Abfolge der äußeren Geschehnisse ganz außer Betracht, schilderte uns die Entstehungsgeschichte seines Hauptwerkes, der Erkenntniskritik, das er, wie er sich ausdrückte – »immer höher und höher den Monte Sant' Angelo hinansteigend, auf diesem steinigen Pfade konzipierte. Ich ging in tiefstem Frieden. Um mich die reine Bergluft und in mir der Gedanke an meine geistigen Vorläufer. Ich erinnere mich noch genau der Bewußtseinsinhalte auf jenem schmalen Wege an der Bergwand, wo das Gräßliche geschah. Ich steckte in Gnoseologistem und beschäftigte mich damit, ganz allgemeinverständlich gesagt: wie das reale Sein vom idealen durchdrungen ist. Da spürte ich plötzlich einen Stoß. Und ich vernahm ein wildes kurzes Gebrüll hinter mir, das hörte ich noch im Fallen. Ich flog richtig durch den freien Raum, landete aber infolge einer gewissen Geschicklichkeit, die mich instinkthaft noch im Fallen nach einem kleinen Bäumchen greifen ließ, nicht so tief unten, wie es mein Meuchelmörder beabsichtigt hatte. Dennoch, mein Sturz war häßlich genug, die Höhe habe ich nicht abmessen können. Ich lag bewußtlos mit doppeltem

Oberschenkelbruch und einer Hüftverletzung. Das Schrecklichste war mir nun, daß mich der Mann, der mich zu meucheln versucht hatte, den Berg hinabtragen mußte. Später traf er noch einen Italiener. Der schnitt aus jungen Bäumchen eine Tragbahre, und so trugen sie mich hinunter.« Latten hielt einen Augenblick den Kopf gesenkt, das inzwischen angeschaltete grelle Licht meiner Tageslampe hatte, als wir uns endlich umschauten, unsere Gesichter kalt und eindeutig gemacht, bis das Auge sich gewöhnte und mit einer anderen Wertung von Licht und Schatten begann.

Latten erhob sich unvermittelt und stellte sich vor seine Tochter hin. Mit der Rechten fuhr er sich langsam über das Haar, den Scheitel fühlend, dann hob er sie gegen die Tochter geöffnet hin, die Linke lag auf seinem Rücken. Die Lider seiner verkniffenen Augen lösten sich, und so fragte er ruhig und bestimmt: »Und nun sage mir: Ist dieser Mann, den du zu lieben glaubst, ein Meuchelmörder oder nicht? Ich sage nicht nur: Mörder, sondern: Meuchelmörder. Die Tat wurde vollzogen, ob sie nun seinen Intentionen entsprechend verlief oder nicht.«

Ulrike verharrte unbeweglich wie die Plastiken an den Wänden. Das Schweigen unter der Kuppel meines Studios war von einer unbarmherzigen Gespanntheit.

Schließlich begann Latten: »Aha«, er dehnte die letzte Silbe schadenfroh und voll Verständnis, »nicht wahr? Das Schweigen ist auch eine Antwort, pflegt man zu sagen!«

Ulrike erhob sich nun ebenfalls, ganz plötzlich, und Latten anblickend sagte sie leise: »Ja, Schweigen ist auch eine Antwort.«

Latten wurde dunkelrot im Gesicht. »Gut«, das Wort fiel glatt und heiß wie Öl hin, »es ist jetzt zehn Uhr. Und damit du es weißt, verehrte Tochter: es gibt für dich zunächst keine Wahl. Wenn du noch nach vier Jahren derselben Meinung bist – wohlan! Dann sollst du den Mann haben, der an deinem Vater dies verübt hat, den Meuchelmörder. Für diese vier Jahre jedoch möchte ich dich noch seinem Einfluß entziehen, und wäre es mit meiner väterlichen Gewalt. Darum verabschiede dich und komm.«

Ulrike blieb ruhig stehen: »Und dein Versprechen, dein Ehrenwort?«

Um Lattens Augen spielten die nervösen Strählchen, er stieß den Atem kurz durch die Nase, und so sagte er lächelnd: »Hm, du weißt also noch nicht, daß man unsittliche Verträge nicht halten darf? Ein unsittlicher Vertrag aber ist zum Beispiel dieser, in welchem eine Tochter ihren Vater in Fragen, die seine väterlichen Pflichten betreffen, des freien Entschlusses zu berauben versucht. Du wolltest mich binden, vergessend, daß ich es bin, der das Recht – ja, die Pflicht hat, dich zu binden, wenn du eine Handlung zu begehen drohst, die dein Leben auf eine hinreichende Weise schädigen kann.«

Ulrike warf den Kopf zurück: »Du selbst hast mich tausendmal mit Stolz und Anerkennung frühreif – ganz reif – überreif für mein Alter genannt. Ich rufe meine Mutter zum Zeugen an, daß du mich als einen fertigen Menschen bezeichnetest, der verantwortlich sei für sein Tun und Lassen – noch gestern, als ich am Morgen zum erstenmal nach Città morta fahren wollte. Immer war ich selbständig, ein Vorbild sogar für meine eigene Mutter. Und dein treues Abbild war ich, soweit es sich um Begabung, mora-

lische Kraft und Selbständigkeit und überhaupt um
alle angeblich guten und außergewöhnlichen Qua-
litäten handelte, die du in mich hineinsahst, weil
du dich in mir spiegelst und liebst. Und jetzt, da
ich den ersten Entschluß von Bedeutung fassen will,
legst du mir die väterlichen Handschellen an. Aber
ich sage dir, ganz ruhig, wie ich es dir versprochen
habe, und *ich* werde mein Versprechen nicht bre-
chen: ich beuge mich deinem Willen nicht, weil ich
Huhl liebe!«

Latten antwortete nichts. Er ging an seiner Tochter so dicht vorbei, daß er sie fast mit der Schulter
streifte, verließ das Studio und trat auf die Terrasse.
Wir hörten das Gatter knarren.

Wir blickten uns alle einmal der Reihe nach an.
Ulrike seufzte. Kätta sagte schlicht: »Und ich wollte
dich gestern morgen nicht nach Città morta fahren
lassen, als hätte ich's geahnt.«

Es war noch keine Minute vergangen, als Latten
eintrat. Er warf die halbgerauchte Zigarette mit
einer wütenden Bewegung auf die Fliesen, trat sie
jedoch achtsam aus mit einem fast zierlich zu nen-
nenden Schritt, der zu seinem Zorn in einem lächer-
lichen Gegensatz stand. Darauf klopfte er sich die
Hände ab, zog das Taschentuch aus der äußeren
Brusttasche des Jacketts und betupfte sich die Stirn.

Unvermittelt wandte er sich an meine Frau, der
ich schon seit einer geraumen Weile Zeichen gegeben
hatte, still auf ihr Zimmer zu entweichen; bei ihrem
gesegneten Zustand konnte ihr diese Zuschauer-
schaft nicht sonderlich bekommen. Doch sie wollte
nicht gehen, sie versicherte mir am andern Tage, sie
habe Ulrike und Kätta nicht allein lassen wollen.
Latten also fragte höflich sich wieder auf seine leere

Weise verbeugend: »Gestatten Sie, gnädige Frau, wenn ich eine Frage an Sie richte, die – nehmen Sie es mir nicht übel – die Treffsicherheit Ihres Taktes erproben könnte: ist ein Mann, der seinen Freund von hinten eine Bergwand absichtlich hinunterstößt, ein Meuchelmörder oder nicht?«

Meine Frau lachte laut auf: »Herr Professor, Sie haben einen Narren gefressen an diesem schrecklichen Wort: Meuchelmörder. Darf ich aber Ihnen vielleicht zuvor eine Gegenfrage stellen: ist ein Vater, der seine Tochter entgegen ehrenwörtlicher Zusage von der Polizei gewaltsam abführen lassen will, ein Ehrenmann oder – was ist er sonst?« Lattens Gestalt reckte sich, er ballte die Fäuste neben den Hüften, dann wandte er sich kurz gegen seine Tochter.

Ulrike hatte, den Kopf vorgereckt, einen Schritt auf meine Frau zu getan, als wollte sie besser hören, und sie verstand. Kätta stand neben ihrem Mann und legte ihm die Hand auf die Schulter, und so von der Seite her ihn anstarrend, flüsterte sie: »Was – was hast du getan?«

Da kam die Stimme des Mythologen: »Wahrhaftig, der Büttel ist bestellt, der Staat vom Vater gegen die Tochter zu Hilfe gerufen, der Säbel steht gegen die Liebe. Indessen, der Büttel hatte ein Einsehen, der Staat bewies Herz. Ich werde eine Ode auf den Maresciallo von Città morta verfassen, auf diesen galant'uomo. Und wenn ich als einer vom Tribunal sprechen soll: sogar ein Meuchelmord kann von Format sein, eine Wortbrüchigkeit nie. Das ist mein Spruch.«

Latten schob den Arm seiner Frau mit einem Ruck der Schulter fort. Er wandte das Gesicht, das für einen Augenblick klein und erschrocken aussah, gegen meinen Freund. Dann riß er die Augen weit auf, kehrte sich zu der Tochter, riß Ulrike heftig am Arm und schrie: »Und wenn ich dich durchs Feuer trage, hier lasse ich dich nicht! Ich brauche keine Carabinieri! Weh dem, der sich mir in den Weg stellt!«

Das Pathetische in seiner Stimme war überwältigend echt. Zum erstenmal an diesem Abend, und zwar in einem Augenblick, der Latten soeben in das ungünstigste Licht gestellt hatte, empfand ich plötzlich – und einzig durch das Berührtwerden von dieser, ich möchte sagen kriegerischen, todesentschlossenen Stimme: er liebt – er ist im Recht!

Wir alle standen betäubt und schauten ihm zu, wie er Ulrike auf beide Arme nahm. Und das Mädchen wehrte sich nicht, gab auch keinen Ton von sich. Ihr Kopf hing über seine Schulter zu uns hin, der Hut fiel ihr herunter, sie schien tot zu sein, vom Schrei des Vaters erschlagen.

Ich hatte den ganzen Abend sehr häufig an Huhl denken müssen, an seinen Zorn gegen den aus Überheblichkeit lächelnden Reinhold, der ihm mit Kätta davongegangen war. Ich konnte Huhls Nachträglichkeit in diesen seinen gegnerischen Gefühlen nicht verstehen, wenn ich diesen ordentlichen Professor Latten betrachtete, einseitig, verspielt und elegant mumifiziert in den säuberlichen Binden eines philosophischen Systems, das keine unbewußte und lebendig ausfahrende Bewegung mehr gestattete.

Und nun hatte Latten seine Tochter im Arm, und stand unter der Tür, zum Letzten entschlossen.

In diesem Augenblick brummte eine Stimme aus

der Höhe – wir erschraken und schauten in die Kuppel hinauf, als könnten wir den Unsichtbaren sehen: Huhl! Er hatte also auf dem Dache gesessen, das heißt am Rande des Kuppeldaches oberhalb der Tür, die den ganzen Abend offen stand. Sein Brummen war voll unentschiedener Kraft, halb behaglich, halb drohend. Endlich ließ er sich fallen, es hätte nicht viel gefehlt, und Latten hätte seine Tochter und deren Liebhaber gleichzeitig auf dem Arm gehabt.

Wir wollten alle auf die Terrasse eilen, da erschien Huhl in der Tür. Wie ein Hirte, der mit den Armen die Schafe zurückdrängt, stand er da; in jeder Hand hielt er einen Fiasco.

Es fiel mir zunächst nicht sonderlich auf, daß sein Bart fehlte, weil sein Gesicht nicht kleiner geworden war; denn seine kräftigen Kinnladen und der schwerlippige Mund traten nun statt des steifen, tuffsteinernen Bartes erst richtig in Erscheinung.

Latten stand wie erstarrt und hielt noch immer seine Tochter auf dem Arm.

»Weil ich was von Karabinern hörte«, Huhl tat harmlos, »deshalb dachte ich« – er unterbrach sich lachend – »aber Reinhold, das Mädchen kann doch schon allein stehen, probier's mal. Übrigens: guten Abend, vecchio porco!« Er schlug Latten mit leichter Kraft auf die Schultern und reichte ihm die Hand. Diese Bewegung kam so ruhig und selbstverständlich, daß Latten, sozusagen ohne es zu wissen, in einer automatischen Höflichkeit seine Rechte kurz hinstreckte, er hatte Ulrikes Füße soeben zur Erde sinken lassen. Doch zog er die Hand, kaum daß Huhl sie berührte, sofort zurück. Ulrike löste sich langsam vom Vater und ging zu meinem Feldbett, auf das sie sich hinlegte. Die paar Schritte machte sie wie im Traum, sicher und doch müde, und das Ausstrecken geschah in einer verschwiegenen Wolllüstigkeit, wie eben ganz erschöpfte Menschen die weiche Waagerechte eines Bettes empfangen.

Wir schauten alle diesem Vorgang zu, Huhl nickte: »Das kleine Kind, sie ist noch zu jung, wie?« Das Letzte war fast sanft zu Latten gesprochen. Dann hob er die Flaschen und winkte mir: »Ein Trinkgefäß, bitte, für alle!« Und wieder zu Latten: »Na, Junge, daß wir uns so wiedersehen! Ich ohne Bart – du, ach«, er schaute sich suchend im Kreise um. Ganz im Hintergrund, wo die Plastik meiner Frau stand, entdeckte er Kätta.

Die Frau war weiß wie ihr Kleid, ihre Augenbögen standen hoch in die Stirn geschoben und zitterten, ihr Mund war rot und unbeweglich, wenn ich nicht irre, hatte sie sich soeben gepudert.

Kätta näherte sich, ihr Täschchen in der Linken. Huhl knurrte leise: »Du süßes Schaf, guck einer an! – Und nun behext sie mich mit ihrer Tochter.«

Kätta hob die Schultern und ließ dann in einem Stoß den Atem gehen. Sie sagte: »Ja, Ulrich, da wären wir ja mal wieder alle beisammen!«

Huhl wies mit dem Daumen über die Schulter rückwärts gegen Latten, der, das eine Bein vorgesetzt und die Arme verschränkt, sich jetzt soeben eine gleichmütige Stellung zu geben versuchte: »Ist er schon Geheimrat?«

Kätta bemerkte darauf ruhig, daß ihr Mann sich habe emeritieren lassen, um mehr Zeit fürs Schreiben zu haben.

Meine Frau kam mit den Gläsern. Latten sagte, auf den runden Tisch in der Mitte des Studios zeigend: »Hier will man also Wein trinken, nach all dem?« Meine Frau entgegnete, die Gläser ordnend: »Mein Vater pflegte zu sagen: Kommt Wein, kommt Rat.«

Huhl unterbrach sein Einschenken, ein Strahl Wein ging auf die Fliesen, wir merkten erst an dieser Unsicherheit, daß er bereits getrunken hatte. »Da gefällt mir Ihr Vater, ich trinke auf ihn und sein Sprichwort; auf Sprichwörter trinke ich selten!« Und zu Latten gewandt, meinte er ruhig: »Trink mit oder geh. Doch das sag' ich dir: deine Familie bleibt hier. Ich habe dir Kätta zwanzig Jahre überlassen, nun, denk' ich, bist du auch mal Kavalier, wie?«

Latten rief den Namen seiner Frau, es sollte kurz und bestimmend klingen; aber da er merkte, daß Kätta ihm nicht antwortete, wandte er sich ab.

Kätta blickte nämlich zu Huhl hinauf und flüsterte: »Aber was sollen wir denn hier, Ulrich? Ich habe Angst, daß etwas passiert.«

Huhl ging mit den Gläsern im Kreis, den runden Tisch wie ein Tablett tragend. Zuerst trat er vor Latten und sagte: »Fahr in den Wein, unreiner Geist!« Latten fuchtelte nur abwehrend mit der Hand durch die Luft. Huhl knurrte etwas Unverständliches und trat vor den Mythologen. Der sagte: »Die Damen zuerst!« »Verdammt«, Huhl tat ärgerlich, »ich bin zu lange aus der Übung mit Damen heraus. Wem biete ich zuerst an: der Dame des Hauses oder der Dame des Herzens. Übrigens«, Huhl stellte das Tischchen hurtig hin, nahm ein Glas und trat vor Latten: »Auf deine Tochter! Hörst du nicht? Ich trinke dieses Glas ehrbaren alten Ischyaweins auf deine Leistung!«

Ohne ihn anzuschauen, beugte sich Latten vor und ließ sich so nach rückwärts in den Strohsessel fallen, jedoch mit einer solchen Wucht von müder Ergebenheit, daß das leichte Holzgestell splitternd zusammenkrachte und der Professor in den Strohfäden verstrickt am Boden saß.

Wir begannen alle auf einen Schlag zu lachen. Ulrike auf dem Bett erhob sich aufgestört, aber sie lachte nicht mit. Huhl packte nun den Professor samt dem noch haltenden Sesselsitz und hob ihn so in die Höhe, allerdings ohne die geringste Absicht, ihn zu verhöhnen, aus reinem Übermut. Da schrie Latten: »Los! Laß mich los!«

Huhl gehorchte auch, er mochte in Lattens Augen bereits die Worte bemerkt haben, die der Rasende einige Atemzüge später wie gewürgt hervorbrachte: »Einmal trugst du mich als Opfer und Beute auf dem Arm, ein zweites Mal nicht!« Und nachdem er mit einer Feindseligkeit, die keine Rücksicht mehr kannte, den Gegner stumm angestarrt hatte, rief er: »Ulrike, steh auf, wir gehen!«

Das Mädchen erhob sich in einer Folgsamkeit, wie sie Schlafenden eigen ist, die im Bett eine kurze Bewegung auf Befehl ausführen.

Ich stand gerade am Eingang zu dem Flur, der in unsere Küche führt, wo meine Frau Brötchen herrichten wollte. Nun rief ich ihr zu: »Bleib da und geh schlafen!« Ulrike mußte diesen Befehl auf sich bezogen haben, sie kehrte sich mit derselben Folgsamkeit wieder zu dem Bett, fiel mit dem Gesicht vornüber auf die Matratze und verharrte so.

Ich glaubte nun, ich sei als Gastgeber dieses seltsamen Abends genötigt, einzugreifen, und so sagte ich: »Ich bitte, das Mädchen hier zu lassen. Die

Herren mögen sich empfehlen und morgen meinetwegen wiederkommen. Aber in dieser Form geht dieser Abend nicht weiter!«

Ich war über die Wirkung meiner Worte überrascht. Zuerst schwieg man. Endlich sagte Huhl: »Gut! Ich lasse mich die Nacht eunuchisch draußen am Gartentor nieder. Wenn du willst«, er wandte sich zu Latten, »kannst du mir Gesellschaft leisten. Ich lese dir bei einer Kerze aus meinem Schlaglichterbuch der Philosophen vor, das sich hier befindet.«

Latten kehrte ihm den Rücken und sagte formell zu mir: »Angenommen! Sie sind mir gut für die unbedingte Sicherheit meiner Tochter. Sie wissen, in welcher Hinsicht! Unser Wagen wartet ohnehin schon«, er blickte auf die Uhr. »Ich bin morgen bis spätestens zehn Uhr hier und hoffe, Sie dieser Belästigungen entheben zu können, die Ihnen meine Familie, freilich ohne Schuld, bereitete.« Damit wandte er sich, reichte seiner Frau den Arm und, ohne sich von seiner Tochter zu verabschieden, ging er zur Tür. Dort blieb er stehen, Huhl in strengem Abwarten anblickend.

Der nickte: »Ach so, ja natürlich, gut Nacht, Ulrike«, und fuhr einmal streichelnd über ihr Haar. Dann ging auch er hinaus.

Ich begleitete die drei schweigenden Personen bis an das Gatter der Terrasse; dort wollte ich mich verabschieden. Huhl jedoch, der in der Linken eine Weinflasche schwenkte, packte mich mit hartem Zugriff seiner Rechten, breitete seine Pelerine über mich und sagte: »Wenn dich jemand bittet, eine Meile mit ihm zu gehen, geh zwei Meilen mit! Wissen Sie, wo das steht?« Ich bejahte.

Latten und seine Frau stiegen Arm in Arm wie wir, in einem kurzen Abstand vor uns hergehend, den Treppenweg hinunter. Der Mond stand uns im Rücken über dem Monte Pertuso, niedrig noch, er war im Abnehmen.

Huhl fuhr fort: »Und wenn dich jemand um deinen Mantel bittet, gib den Rock dazu! Wissen Sie denn, wo *das* steht?« Ich bejahte auf dieselbe Weise. Er lachte: »Gott, alle wissen, was zu tun wäre, aber keiner tut es!« Dann flüsterte er, er knirschte mit den Zähnen dazwischen: »Sie ist so schön – wie das Segel dort auf dem Wasser – sehen Sie! Und auch so allein! Hundert Bilder brauchte es, bis ich bei ihr wäre. Und dann – sie ist ein Quell. Ich trinke ihn nie aus. Und dort gehen die beiden – aus denen er entsprang. Daß alles doch einen doppelten Ursprung haben muß, wie? Dieser Lebenseunuch, der, um höheres, unverständliches Zeug schwätzen zu können, sich mit dem Messer des Bewußtseins alle lebendigen Wurzeln zerschnitt. Damals, als ich ihn den Berg hinabschmeißen wollte, wissen Sie, was ich ihm hinterdrein brüllte? ›Runter, runter, runter!‹ Haben Sie einmal über den Inhalt, über die Eindringlichkeit der Ausrufe nachgedacht und über ihre Vieldeutigkeit? Über die Stimme überhaupt? Ich habe mein Praktikum hinter mir in diesem Fach, als ich mich nämlich von ihr abwandte, von dieser Frau wandte, wegen einer gewissen Stimmlage, das erzählte ich Ihnen doch?« Er lachte leise. »Die Leute, die in der Oper lieben, leiden und sterben, reden so viel. Im Drama verstünde man das schon eher, aber in der Oper, die brauchten doch nur zu singen: ›Hahaha – ooo‹.« Er blieb stehen und sang einen, ich möchte sagen: nackten, klagenden Liebesschrei.

Huhl hatte kaum seine Stimme erhoben, als Kätta stehenblieb. Ihr Kleid leuchtete matt zwischen den graudunklen Treppenmauern, über die gleich riesigen, struppigen Tatzen das schwarze Gebüsch der Orangenbäume griff. Auf dem Silberweiß ihres Kleides erschien im Rücken waagerecht ein dunkler Strich, darauf hörte man wieder die Tritte der beiden. Wir folgten ihnen schweigend.

Der Weg bog auf die Fahrstraße. Der Schatten des Paares fiel in diesem Augenblick vom Mond vorwärtsgeworfen auf eine große Hauswand. Oben, fast am Dachrand, stand aufrecht und schwarz ein Rechteck, ein Fenster also, dessen Gitter in amerikanischem Città morta-Geschmack versilbert war. Dieses Gitter leuchtete auffällig. Der Schatten der beiden rückte an der Hauswand ruckweise hoch, Kättas Schattenkopf stieß gegen das Rechteck, verschwand hinter dem Gitter, ihre ganze Gestalt wanderte aufwärts durch das Gitter, denn das Haus lag tiefer, und nun fielen ihre Schatten auf das weiße breite Kuppeldach. Und da kam unser Schatten nach, der Schatten Huhls stieg wie der von Kätta ruckweise durch das Gitter, und dann lag er breit über dem ihren und verdeckte ihn. Später erzählte ich Huhl und meiner Frau diese kleine Beobachtung. Er machte eine umsichgreifende Bewegung: »Gewiß, an nichts ist Mangel, auch nicht an Sinnbildern.«

Auf dem Fahrweg, genau wo der Treppenpfad mit seiner geschwungenen Brüstung schräg herabbiegt, stand das bestellte Taxi. Latten wollte gerade Kätta an sich vorbeilassen, da trat Huhl an den Wagen. »Also, morgen Fortsetzung! Wie ihr wollt. Doch hätte ich gedacht, da ich hier noch eine volle Flasche bei mir habe, wir hätten uns ein bißchen hier auf die Treppenstufen gesetzt oder dort auf das Mäuerchen und in den Mond geguckt – und unsere geschäftlichen Angelegenheiten geregelt. So alles aufzuschieben, das ist nur ein Zeichen von Angst.«

Latten war inzwischen allein eingestiegen, Kätta stand unentschlossen vor dem geöffneten Schlag. Unter dem dunklen Verdeck kam Lattens kühl nörgelnde Stimme hervor: »Wer spricht hier von Angst. Die Gewalttätigen mögen davon sprechen, nicht aber Menschen, die ihre weiße Weste nach innen tragen.«

Huhl wartete einen Augenblick, dann zog er langsam die Pelerine aus, legte sie auf das Wagenverdeck, zog desgleichen sein Jackett aus und legte es an denselben Platz. Schließlich hielt er seine Weste in der Hand und stand in Hemdsärmeln da: »Richtig! Dein Dutzend weißer Westen, teure Kätta, habe ich nun durch zwanzig Jahre getragen, nicht weil sie weiß sind – Hier nimm, die andern schick' ich dir nach. Er hat sie also entdeckt, die weiße Weste, unter Joppe und Pelerine, ich hab' extra nicht abgelegt – um meine ekelhafte Sentimentalität nicht preiszugeben. Aber jetzt – fort damit!«

Kätta hielt die Weste in der Hand. »Du erkältest dich, Ulrich«, sagte sie leise, »es ist kühl, wenn man sich plötzlich so auszieht.«

Huhl beteuerte, seine Doppelsinnigkeit wirkte komisch: »Das will ich glauben, wenn man sich plötzlich auszieht. Aber das hat er ja getan. Ist immer seine Spezialität gewesen, mich vor dir auszuziehen.«

Der Taximann wandte sich in freundlicher Ungeduld, ob er vielleicht abfahren dürfe; er wolle noch in der Nacht zurück sein. Latten stimmte eifrig bei, Kätta solle einsteigen.

Aber Huhl beugte sich zu dem Sitz des Mannes und sagte in unverfälschter Città morta-Mundart: »Die Nacht ist hell und lang, mio caro, in Wirklichkeit bist du nur besorgt, daß du in einem gewissen Haus in Sorrent zu spät ankommst. Spar lieber deine Soldi und kauf deiner Frau ein Paar Seidenstrümpfe, eh?« Der Taximann blickte nicht einmal um.

Huhl fuhr auf deutsch fort: »Und dabei bezahlt ihm unser Professor sogar die Wartezeit, nicht wahr? Oder ist er immer noch so knauserig, Kätta, unser Freund Reinhold? Als du noch bei mir warst – bei Gott, wir hatten nicht soviel Geld wie ein ordentlicher Professor, aber du warst besser gekleidet, find' ich.«

Latten rief nun heiser und kurz: »Steig ein, Kätta!«

Die Angerufene wandte sich wie am Arm gerissen kurz zur offenen Wagentür, dann schnellte ihre Gestalt aber in die vorige Stellung zurück; so stand sie, das Gesicht dem Mond zugekehrt, die Weste auf dem Arm, und blickte Huhl an. »Wie komisch, Ulrich«, lachte sie kurz und explosiv, »wie in einem Kleiderladen, was soll ich mit deiner Weste!«

Huhl sagte nichts, er stand da, den Kopf in den Nacken gelehnt, die Flasche an den Lippen. Und, sie absetzend reichte er sie Kätta: »Durst? Aber es schmeckt nicht recht, so aus der Röhre.« Sie fragte unsicher: »Trinkst du immer noch soviel?«

Er brach in ein herzhaftes Lachen aus, Latten mußte schreien, um von Kätta gehört zu werden: »Jetzt steig ein, oder ich fahre ohne dich los!«

Huhl stichelte: »Siehst du, Kätta, nicht einmal

eifersüchtig! Aber natürlich, heute abend ist Huhl ja ungefährlich für Kätta – ist voll Ulrike! ... Morgen hol' ich mir Ulrike, weißt du? Die Quittung, die du mir für Kättas Empfang längst schuldig warst. Deine Eltern müssen brave Leute gewesen sein. Daß du mißrietest, ist deine eigene Leistung; daß Ulrike aber gelungen ist, ist nicht dein Verdienst. Hast sie nur mit dem Leib gezeugt, deine Seele war abwesend, du verfaßtest gerade eine Anmerkung zu einer Fußnote. – Wärst du doch wenigstens ein Hurenbock geworden wie dieser Bursche da vor dir!«

Kätta rief: »Aber Ulrich, wie soll das ein Mann anhören können!«

Aus dem Wagen kamm es dünn und voll Hohn: »Aber eine Frau kann's!«

Huhl tat einen jähen Schritt auf den Wagen zu, er beugte sich hinein, ich hielt ihn an seinem Hosenträger, ich fühlte, Huhls Hemd war mit Schweiß durchtränkt. »Ja, eine Frau kann's, diese Frau mußte es anhören, was du, mein Freund und Gast, ihr durch drei lange Monate einflüstertest, sorgsam, wie man einem kleinen Kindchen mit verdorbenem Magen ein paar Tropfen Tee einflößt. Darüber haben wir noch nicht abgerechnet, das wollte ich diese Nacht tun. Damals, als du leider nur mit gebrochenem Bein dalagest, konnte und wollte ich dir nicht beibringen, was für eine tiefere Bedeutung in diesen Knochenbrüchen steckt.«

Latten unterbrach scharf: »Die tiefere Bedeutung hätte eigentlich zehn Jahre Zuchthaus geheißen!«

Huhl lachte kurz und polternd: »Wie großmütig du das sagst! Als ob dir nicht diese Frau den Mund verbunden hätte! Und außerdem hätte ich – wäre ich mit der Wahrheit herausgerückt – nur vier bis fünf Jahre Gefängnis bekommen, das nebenbei. Die lägen nun auch längst hinter mir – sogar zehn Jahre. Aber das Vergnügen, dich für dein Leben daran erinnert zu haben, daß man Freunden die Frau nicht erziehen soll, wöge mir alles auf. Außerdem, Ahnungsloser, ich sitze seit fast zwanzig Jahren im Gefängnis, wissentlich, geflissentlich, verstehst du. Aber du Chorführer der unschuldigen Kinder hast während dieser Zeit deine weiße Weste nach innen getragen – damit sie nicht schmutzig würde. Und speist auf mich mit vollen Backen dieses dein ›Meuchelmörder‹, natürlich in meiner Abwesenheit!«

»Ich kann es dir jederzeit wiederholen!« rief Latten.

»Schick mir dieses Wort auf einer Schallplatte, tausendmal hintereinander, ich leg' sie jeden Tag einmal auf, wenn mich die Lust zum Lachen ankommt. Ja, ich packte dich von hinten. Du bist einer von denen, die man von vorn nicht packen kann, von vorn hat man nämlich Mitleid mit dir. Ich hätte dich gern in eine Tierklinik wie einen alten Hund zum Vergiften gegeben, aber wo wäre ich dich losgeworden. Ich hätte dir auch gern so etwas wie ein Duell angeboten, mit Pistolen oder Wackersteinen, so ein Duell, wo es um die Wurst geht. Aber du – und dein Leben einsetzen! Und dann noch um einer Frau willen! Jetzt schwätz' ich auch einmal vom guten Freund, aber in seinem Dabeisein. Als du mir von Kätta erzähltest, auf der Terrasse, unter dem Moskitonetz, als du über Einheit und Allheit der Welt, natürlich von der in deinem Kopf, faseltest, da sagtest du – ich kenne den Satz deines Liebhabers wörtlich, fall nicht um, Kätta; ich notierte ihn, sozusagen als das Motto deiner Tragödie: ›Die Frauen sind für den autonomen Denker im besten Fall doch nur ein im Körperlichen verwurzelter Rest von Heteronomie!‹ Huhl wandte sich mit einem Ruck an mich, seine Stimme war voll Doppelsinnigkeit: »Können Sie das verstehen? Kätta, kannst du das verstehen?« Sein Gesicht fuhr gegen die Frau hin, die bleich am Wagen lehnte, die Weste gegen den Verschlag gelegt und die Wange darauf gebettet, sie rührte sich nicht.

Latten lachte mühsam: »Dieser Schwätzer! Steig ein, Kätta, ich möchte nicht das Taxi bezahlen, um hier die Nacht mit Herrn Huhl zu verplaudern!«

»Habt ihr gehört? Bezahlen! Na, fahr schon! Bis morgen, nicht wahr?« Huhl knurrte das Letzte.

Latten sagte nun leise, er schien ratlos: »Willst du nun endlich einsteigen oder nicht?« Es entstand eine Pause.

Huhl blickte Kätta unverwandt an; der frisch verschwundene Bart gestattete seinem Mund, da er nun schwieg, in einer mich erschütternden Offenheit das auszusprechen, was Huhl mit keinem direkten Wort angedeutet hatte: Mitleid, abgründiges Mitleid, und noch etwas anderes, das dieses Mitleid zu verklären schien ...

Kättas Augen waren während der ganzen Unterhaltung meist von Huhl abgewandt. Wenn sie ihn anschaute, geschah das stets auf dieselbe Weise: ihre Augen standen weit und ruhig unter den dünnen, hochgeschwungenen Brauen, fast ausdruckslos von einem feuchten Flimmern verhüllt. Nun aber züngelte bei einem Wimpernschlag, der diese Augen zu entschleiern schien, etwas wie List auf, die Pupillen gingen einmal hin und her, dann wandte sie sich gegen den geöffneten Schlag: »Reinhold, hör mal, fahr nach Sorrent und komme mit den Koffern zurück! Ich kann das Kind auch nicht eine Nacht allein lassen.«

Im Wagenschlag regte sich nichts. Endlich kam es aus der Dunkelheit, spitz und widerhakig: »Ich weiß, wen du nicht allein lassen kannst.« Dann hörte man ihn dem Chauffeur etwas befehlen, der Motor sprang ungestüm an, die Wagentür wurde von innen zugeknallt, und als wir, von Lattens Entschluß noch alle drei verblüfft, dem Wagen nachschauten, rief Huhl plötzlich: »Meine Pelerine, mein Rock!« und rannte hinterdrein.

Der Wagen hielt aber keineswegs bei seinem Geschrei. Hemdsärmelig kam er zurück, er brummte mich ruhig an: »Gehen Sie auf Ulrikes Schlaf achten, wir gehen meine verlorenen Kleider suchen, wir beiden.«

Kätta lachte leise, es war ein helles, schwirrendes Lachen, das ich deutlich machen möchte mit dem paradoxen Bilde eines hohen Tones, der durch die Oktaven auf und nieder zuckt, ohne aufzuhören, ein hoher Ton zu sein. Vielleicht war ihr Lachen auch ein helles Instrument in einem ganzen Orchester dunkler, gedämpfter Bässe und Violen, die nur in meinem inneren Ohr Begleitung gaben. Ich habe dieses Lachen Kättas nie vergessen, es war das Lachen der Liebe, die anfängt noch einmal zu hoffen, nach so vielen Jahren. Kätta stand wieder auf jener Schaukel, auf der sie Huhl schon als kleines Mädchen entzückt hatte, auf der sie von ihm fort und wieder zu ihm zurück geflogen war; auf der ihre Tochter neben ihr nun den ersten Aufschwung versucht hatte – auf der Liebesschaukel.

Sie sagte hinterdrein, das helle Schwirren ihrer Stimme hatte nur wenige Augenblicke gedauert: »Zieh dir wenigstens deine Weste an, Ulrich!«

Während ich zu meinem Hause hinaufging, konnte ich die beiden noch eine Weile auf der mondbeglänzten Straße sehen. Sie gingen nahe beieinander, ob sie sich im Arm führten, konnte ich nicht sehen, da Huhl hemdsärmelig war und seine weiße Weste auch ein weißes Rückenstück hatte. Ich hätte etwas darum gegeben diesen Abend, wenn Kätta ein dunkles Kleid getragen hätte!

Als ich mich meinem Hause näherte, bemerkte ich von ferne, daß im Studio Licht brannte. Die kleine Bettlampe war entzwei, und so mußte man seit Tagen die große Arbeitslampe benutzen. Manchmal erlosch das Licht, das über die Terrasse kam, bald aber warf es von neuem seinen vom Mond gedämpften Widerschein auf die nahen Olivenkronen. Im Schatten unter den Bäumen stäubte es von Glühwürmchen, den ›fliegenden Leuchttürmen der Liebe‹, wie der Mythologe sie einmal nannte.

Als ich auf die Terrasse trat, stand in der Atelierzimmertür mein Freund, er blickte auf das Meer. Ich redete ihn leise an, bei meiner Stimme fuhr er zusammen.

»Pst, sie schläft noch immer nicht, glaub' ich, ich habe dreimal nachgeschaut. Gerade hab' ich das Licht ausgemacht, aber nun kann ich nicht sehen, ob sie wirklich schläft.«

Ich fragte ihn, ob er mit ihr gesprochen habe.

»Was soll ich sprechen – und dann: mit ihr? Ist Huhl nach Hause?« fragte er hinterdrein.

Ich erzählte, was sich am Auto zugetragen hatte.

Als er hörte, daß Huhl und Kätta spazierengegangen seien, blickte er sich schnell um und sah prüfend in den dunklen Raum. »Nicht so laut«, flüsterte er heftig.

Da kam Ulrikes ruhige, aber sehr müde Stimme: »Das darf ich doch hören, Herr Professor! Daß meine Mutter den Professor Latten nicht liebte, das wußte ich fast von Kind auf.« Ihre Stimme kam immer zögernder. »Seit heute abend weiß ich, wen sie liebt. Und wenn Huhl mit ihr spazierengeht –«

Das letzte Wort zerging in der Luft wie ein Leitton, der den nächsten, den Ruheton, nicht mehr erreicht – oder auch gar nicht erreichen will. Es lag ebensoviel ergebene Wehmut wie verhaltener Trotz in diesem unbeendeten Satz.

Nach einer Weile trat Ulrike auf die Terrasse. Sie stellte sich zwischen uns, wir standen in einer Reihe dicht an der Brüstung und blickten so in die helle Nacht hinaus.

»Auf dem Meer geschieht immer etwas, selbst in den ruhigsten Nächten.« Das sagte der Mythologe. Er begann aus Empfindlichkeit vor unserm Schweigen zu sprechen. »Und wir sind seine Kinder«, sagte er fast herausfordernd.

»Ruhige Nächte, von wegen!« Ulrike setzte das mit einer Keßheit hin, als stände sie auf dem Schulhof und wir wären Primaner. Ich merkte, wie das Mädchen sich Mühe gab, das Weinen mit einer gemachten und uns rührenden Schnoddrigkeit zu zersetzen. »Außerdem, mein Alter hat ja recht!«

Unser beider Gesichter kehrten sich ihr zu, und zwar in einer automatischen Gleichmäßigkeit und Schnelle, die für einen unsichtbaren Zuschauer komisch gewesen wäre. Ich glaubte, etwas sagen zu müssen: »Wieso, Ulrike, in der Liebe gibt es doch kein Recht. Ich meine, da hat der recht, der am meisten liebt.«

Sie blickte mich an, ihre Augen verrieten Ungeduld. »Wer am meisten liebt? Mir hat noch jeder Gymnasiast dasselbe gesagt. Das sind doch, verzeihen Sie, aber es sind wirklich Albernheiten. Wer am meisten«, sie lachte gequält, dann schüttelte sie das Haar zurück, und so sich mit beiden Händen die Schläfen haltend, flüsterte sie: »Helfen Sie mir doch lieber denken. Ich muß jetzt klar denken. Sonst – ich habe Angst!«

Sie ließ die Hände und Ellbogen sinken, und so gerade, fast gereckt stehend, durchfuhr sie ein Beben, als fröre sie. »Wenn ich jetzt nicht klar denke, verstehen Sie, ganz klar denke« – sie schüttelte wieder den Kopf und sagte weinerlich: »Mein Gott, ich bin doch erst siebzehn. Um mich herum lauter Leute, die schon etwas hinter sich haben – und auch lauter Leute, die ich – die ich liebe, nicht wahr?«

Der Mythologe sagte leise: »Indes – auf eine so verschiedene Art, daß das Wort Liebe nicht für alle auf gleiche Weise gilt. Lassen Sie sich drum vor allem nicht durch dies Wort verwirren.«

Sie schien gar nicht zugehört zu haben. Sie sagte: »Er kann mich mit Gewalt von ihnen trennen, das kann er, weil es sein Recht ist. Aber Mutter kann mich viel sicherer von ihm trennen, und auch sie wäre im Recht. Sie hat ihn ja vor mir geliebt und durch all die Zeit ist sie ihm treu geblieben, ich meine, sie ist – sein geblieben . . . Und jetzt geht er mit ihr spazieren . . . Und Papa liegt in seinem Bett in Sorrent. Und der arme Mann hat Angst, daß ich, seine heißgeliebte Tochter, seinen Todfeind heira-

ten würde. O gerne, aber wie! Ich käme vielleicht
schon über den Vater weg. Man könnte ja mit Huhl
heimlich fortfahren, aus dem Bannkreis der väterlichen Gewalt. So steht es in den Romanen. Ich
könnte mir jedoch denken, daß Huhl mir morgen
früh das sanft ausreden wird, mir etwa sagt: ›Ulrike,
Rikchen, sei vernünftig!‹ Wer weiß! Ich hab' ja selber den Fehler gemacht und Huhl zuviel von Mutter erzählt, von ihrer Ehe mit dem Professor, die gar
keine ist. Er hörte so seltsam genau zu, ja, das merkt
man immer erst hinterher, was die Leute bei unsern
Herzenseröffnungen sich gedacht haben. Man sieht
ein Augenaufschlagen, ein Kopfnicken, ein Lächeln.
Im Augenblick, wenn man erzählt und besonders
einem Menschen etwas erzählt, den man gern hat,
denkt man nicht daran, daß jedes Wort in unserm
Zuhörer nicht nur ihn, sondern auch die ganze Welt
berührt, die er in sich hat. Ich hab' meiner Mutter
bei Huhl vorgearbeitet.

Sehen Sie, sie geht mit ihm spazieren, nach zwanzig Jahren kann sie endlich mit ihm sprechen, sprechen! Ach ja, ich kann mir das ganz gut vorstellen.
Wenn sie ein bißchen glücklich mit Vater gewesen
wäre, wenn ihr Mann – wenn Huhl – wenn ich . . .
Sie haben sich jetzt bestimmt schon ein paarmal ge-
küßt, das ist doch klar. Mutter sieht immer noch
unglaublich jung aus, sagte ich Huhl, als er mich mo-
dellierte. Das ist ja auch wahr. Ich kann nicht einmal sagen: leider! Ich liebe meine Mutter, nicht
wahr? Und wenn sie auch nicht mehr so aussähe,
Huhl kann sie nur sehen, wie sie einmal war. Er hat
es ja stets mit der Erinnerung, er erzählte mir beinahe die ganze Nacht. Da bekam ich schon ein klein
wenig Angst, es gibt nämlich für ihn keine Vergan-

genheit. Er sagte mir wörtlich, für ihn gebe es kein Präsens, kein Perfekt und kein Futur, alles stehe für ihn im Imperfekt, alles sei im Fluß!«

Ulrike unterbrach sich, dann fragte sie: »Können Sie sich vorstellen, daß Mutter ihrem Ulrich von mir viel erzählt? Wie ich bei ihm von Mutter erzählte? ›Das Kind‹ wird sie mich nennen. Oder glauben Sie, daß eine Mutter Rücksicht auf die Tochter nimmt, wenn es um den Mann geht, um so einen Mann?« Sie nickte vor sich hin, den Kopf gesenkt, und zupfte mit den Fingernägeln an ihren Zähnen. »Ich bin ja auch noch ein Kind – für sie – und deshalb wohl auch bald für Huhl. Wissen Sie – ich weiß nicht, ob ich Mutter wiedersehen möchte, jetzt! Aber«, sie bückte sich über die Brüstung und blickte spähend auf den Pfad hinunter, »da besteht auch keine Gefahr. Sie wird nicht kommen. Was meinen Sie?« Sie wandte sich an den Mythologen.

In diesem Augenblick kam die Stimme meiner Frau von der oberen Terasse. Ich ging zu ihr hinauf. Sie war erregt und konnte nicht schlafen. Als sie hörte, daß Kätta in Città morta zurückgeblieben und mit Huhl durch die Schlucht spazieren sei, lächelte sie: »Natürlich, ich hätte das Ulrike sagen können, als sie gestern mit Huhl davonging. Dieser Mann wirkt so kompliziert, weil er so einfach ist, glaube ich, wie soll man das sagen. Als er Kätta wiedersah, kam ihm Ulrike – wie seine Tochter vor. Er hätte das Gefühl eines Inzestes, wenn er Ulrike nun als Frau liebte. Und solche Gefühle sind unüberwindbar für derart einfache Menschen. Und nun steht er plötzlich vor dieser – sagen wir ruhig unter uns: armen Frau ... Er hielt sich prächtig zurück im Atelier heute abend, so gut es ihm möglich war. Aber er mußte, so oft er ihr von innen her fast verblühtes Gesicht sah, sich dabei sagen: das ist mein Werk! . . . Ob er auch sagt: es ist meine Schuld, will ich nicht erörtern; aber daß er sich fragt: was bin ich ihr nun schuldig, das wäre schön und ganz normal. Und daß er es fragt, davon bin ich überzeugt, dieser Spaziergang sagt mir alles. Und ich weiß nicht, warum ich so grausam bin, daß ich es diesem Latten gönne. Gott, ja, Entschuldigungen gibt es für alles, also auch für Herrn Professor Latten. Trotzdem: Recht geschieht ihm!«

Fast scherzhaft wollte ich zurückfragen, sie sei also der Meinung, daß uns allen recht geschehe und in unserm besondern Falle hier also auch Huhl, Kätta und der armen Ulrike, – da hörte ich auf der unteren Terrasse vor meinem Studio die erregte Stimme meines Freundes, er rief: »Nein, ich lasse Sie nicht vor die Tür! – Keinesfalls! – Nennen Sie mich, wie Sie wollen! – Ulrike, nehmen Sie doch Vernunft an; ich weiß, was Sie vorhaben!«

Zum Glück hatte ich, als ich in das Haus eingezogen war, von der unteren zur oberen Terrasse eine schmale Steintreppe anlegen lassen, auf der ich nun in ein paar Sprüngen hinabsetzte. Da fand ich also den Mythologen in einem richtigen Ringkampf mit dem Mädchen vor. Beim ersten Anblick hätte ich fast auflachen mögen im Gedanken, daß Karl es doch war, der in Sorrent mit seinem guten und entschiedenen Appetit auf das Mädchen diese ganze Verwicklung heraufbeschworen hatte. Doch das Lachen verging mir, als ich im Licht, das aus der Ateliertür fiel, ihre Gesichter erblickte.

Ulrike knirschte mit den Zähnen unter dem Griff, mit der er ihre Arme und Schultern umschlang.

Ihre Augen waren nur kleine Schlitze, unter den dunklen Brauen stiebten Blitze in das so nahe, doch entschiedene Gesicht meines Freundes, der, so hätte ich geschworen, gar nicht ihrer körperlichen Nähe, sondern nur der Gefahr inne war, die Ulrike bedrohte.

»Lassen Sie mich los!« keuchte sie wiederholt.

Plötzlich hatte sie mit einem Ruck ihre Hand frei, und da klatschte es. Ich sah meinen Freund verwirrt zurücktaumeln und die Hand auf seine Wange legen, gänzlich verständnislos. Da sprang aber auch schon Ulrike über die Terrasse, auf das Gatter zu – mir in die Arme.

Ulrike sträubte sich zuerst auf dieselbe Weise. Sie war außer sich, faßte die Männer der ganzen Welt, ihren Vater und Huhl einbegriffen, und auch uns beide, unter dem Sammelwort von elenden und selbstsüchtigen Schurken zusammen, bis dann schließlich die Stimme meiner Frau über die Brüstung der oberen Terrasse kam. Sie sagte ganz ruhig: »Ach, Ulrike, lassen Sie doch die Kerle, kommen Sie ein bißchen zu mir 'rauf, ich kann sowieso nicht schlafen!« Die Stimme wirkte wie ein Wunder. Ulrikes Kopf mit dem zerzausten Haar fiel an meine Brust, sie weinte. Dann ging sie ruhig von mir fort ins Studio, suchte dort nach ihrem Täschchen, kämmte sich und ging zu meiner Frau hinauf.

Der Mythologe schüttelte, ihr nachblickend, den Kopf, als sie das Treppchen hinaufging.

»Die erste Ohrfeige von einer Frau?« fragte ich, meine Stimme klang nicht sehr mitfühlend.

Er nickte verlegen, machte aber zugleich eine wegwerfende Bewegung. »Mit der solltest du mal raufen«, rief er begeistert, »stark ist sie, eine aus dem

Gefolge der Artemis: flink, stark, keusch, wild! Sie wollte ins Meer laufen, stell dir vor! – sagte natürlich nichts dergleichen, indes – ich merkte es an ihren Augen, wenn sie manchmal so hinunterschaute. Glaubst du das: alle Tränen wollen ins Meer zurück, Wasser zu Wasser, Salz zu Salz? Den Himmlischen sei Dank, daß ich einfach grob wurde!«

Wir sprachen eine Weile hin und her über Ulrikes wirklich verzweifelte Lage. Da Kätta bis jetzt nicht nach ihrer Tochter geschaut hatte, mußten wir dem sicheren Instinkt des Mädchens recht geben. Wir überlegten, was zu tun sei, konnten aber keinen Ausweg finden.

Da hörten wir Schritte auf der kleinen Treppe, und meine Frau und Ulrike traten ein. Das Mädchen schien vollständig ruhig. Wohl waren ihre Augen gerötet, doch ihre Stimme war gelöst und wie gewaschen. Meine Frau näherte sich meinem Freund, und so fragte sie: »Würden Sie für Ulrike ein persönliches Opfer bringen?«

Karl wurde rot, er räusperte sich: »Wieso, was soll ich denn tun, Aglaia?«

Darauf sagte meine Frau nur: »Ihre Koffer packen, aber sofort – und mit Ulrike noch in dieser Nacht nach Salerno fahren, morgen von dort nach Neapel und sofort weiter in Ihre ungarische Heimat.«

Karl blickte sich einmal im Kreise um, als wollte er sagen: ›Was ist denn jetzt geschehen?‹ Er lächelte, doch nur unsicher, und zuckte die Achsel. »Das ist also ein Opfer? Für Fräulein Ulrike, gewiß sogar – und darum eigentlich auch für mich. Ich sehe die Lösung, die man treffen will. Sie ist überraschend einfach, wie nur Frauen sie finden können. Für mich indessen ist sie weniger einfach, ich meine« –

Ulrike hatte offensichtlich nicht begriffen, warum mein Freund eine Schwierigkeit für sich in dieser Begleitung erblickte. So sagte sie nun das meinen Freund sichtlich verletzende Wort, es war eine neue Ohrfeige: »Aber verstehen Sie doch, Herr Professor! Ich kann Huhl nicht mehr begegnen. Auch meiner Mutter nicht. Ich schäme mich – aber auch für die beiden. Wirklich, ich bin außerstande, in demselben Kreis weiterzuleben. Sie waren so teilnahmsvoll, mich nicht laufen zu lassen – wohin ich wollte ... Nun müssen Sie bei mir bleiben – bis ich – vernünftig bin – und« –

Der Mythologe nickte, das Gesicht senkend: »– wieder davongehe. Ich verstehe.«

Wir standen alle vier im Kreise. Als mein Freund das gesagt hatte, kehrte er sich um und ging auf die Terrasse. Wir blickten ihm nach. Er kam zurück, stellte sich in den Türrahmen, die Arme verschränkt, und blickte Ulrike nachdenklich an. Er hob dabei die rechte Braue, er überlegte. Schließlich begann er: nein, sie solle nicht anfangen, zu früh vernünftig zu werden; verfrühte Entschlüsse hätten gewiß dieselbe böse Wirkung wie verspätete. »Aber sie sind viel ärgerlicher, verfrühte Entschlüsse, mein Kind!« Er nickte geradezu väterlich dem Mädchen zu. »Wer zu lange wartet und zu spät kommt mit seinem Dreingreifen, hat meist zumindest das beruhigende Gefühl, wenigstens Geduld bewiesen zu haben.« Er beugte sich vor, immer noch die Arme so verschränkt. »Was sagten Sie hinterher, wenn – nicht wahr – wenn wir alle zusammen etwas Falsches kombiniert hätten. Was bedeutet schon ein Spaziergang? Darauf hatten die beiden schließlich doch ein Recht.«

Ulrike nickte knapp, von der plötzlichen Gesprächigkeit meines Freundes ganz unberührt: »Auf mehr noch! Auf alles haben die beiden ein Recht! Aber ich habe auch eins, wie gesagt: mich zu schämen, für mich und für sie – und mich davonzumachen, auf irgendeine Weise.«

Meine Frau hatte unbeirrt den Koffer meines Freundes derweil auf die Truhe gesetzt und packte aus der Kommode seine Wäsche ein. Wir schauten schweigend zu. Er selber stand daneben und ordnete mit zwei Fingern spielerisch mit. Plötzlich hob er den Kopf, das Gatter schurrte auf dem Zementboden der Terrasse, es war Kätta.

Ulrike hob einmal die Schultern und machte einen halben Schritt auf die Mutter zu, ebenso angreiferisch wie getrieben, das Gesicht der Mutter zu studieren. Allein – der Schritt gelang, wie gesagt, nur zur Hälfte. Kätta hatte für uns nur einen schweifenden, fast verlegenen Blick. Sie ging mit zwei, drei großen Schritten auf Ulrike zu, und ohne sie zu küssen, legte sie ihr den Arm um die Schulter und flüsterte: »Du schläfst noch nicht?«

Ich fragte, ob die Damen allein sein wollten, doch beide sagten wie aus einem Munde nein und schüttelten beinahe ängstlich und bittend den Kopf. Meine Frau warf mir einen vorwurfsvollen Blick zu, der etwa besagte: »Mein lieber Idiot!«

Kättas Wangen waren gerötet. Ihr Atem ging heftig.

»Du bist ganz außer Atem«, lächelte Ulrike harmlos.

»Ja, diese entsetzlichen Stufen hier hinauf! Und

ich sorgte mich ein bißchen, mein Kleines! Du hättest schlafen sollen.« Kätta lächelte uns unsicher an. »Wir sind wohl eine komische Familie! Den ganzen Tag diese dramatischen Auftritte! Für morgen, nicht wahr, Ulrike? – suchen wir uns einen andern Platz aus.«

»Aber doch hoffentlich nicht auf Ulrichs Grund und Boden.« Ich wette, der kleine Satan hatte mit Absicht Huhls Vornamen gebracht.

Kätta lachte kurz auf, als hätte die Tochter einen Witz gemacht: »Natürlich nicht, du kennst doch Vater.«

»Aber wo denn sonst, auf der Straße, wie?«

»Es wird sich schon finden, Kind.« Kätta fuhr sich mit den Fingerspitzen über die Stirn, sie verbarg dabei ihre Augen.

»Nun ja«, Ulrikes Stimme schoß blind und doch so seltsam sicher aus dem Hinterhalt, »wir können ja einen Spaziergang machen, alle vier, Vater, du, Huhl und ich.«

Meine Frau mischte sich ein: ob sie einen Tee aufgießen solle. Kätta wehrte, dankbar eine Ablenkung gefunden zu haben, mit vielen Beteuerungen ab. Als sie das Thema erschöpft hatte und den halbgepackten Koffer bemerkte, sprach sie vom Verreisen. Wohin es gehe?

Ulrike unterbrach sie: »Ja, verreisen, das rätst du mir doch auch, Mutti? Mit Papa reisen, abreisen, wie?«

Kätta riß die Augen auf. »Aber wer spricht denn davon, Kind? Im Gegenteil! Für dich in deinem Zustand ist das Meer das einzig Richtige!«

»Das dachte ich auch schon.« Ulrike nickte verständig, es lief mir kalt den Rücken hinunter, nicht vom Inhalt, sondern von der beherrschten Kühle des Mädchens getroffen.

»Nicht wahr?« Kätta wurde eifrig, »mit mir ganz allein eine Zeitlang so am Meer. Keinen Mann um uns, nur Wasser und Sonne.«

Ulrike schüttelte den Kopf. »Aber, Mutti, was redest du denn! Man kann sich rund um alle Meere der Welt herumbaden, an der Entscheidung kommt man doch nicht vorbei.«

»Ach, Ulrike, nicht so hart!« Kätta seufzte. »Hinterher ist die Entscheidung leichter, ganz gewiß.«

»Du meinst also mit andern Worten, man könnte eine Liebe sozusagen abwaschen, abschrubben, wie?«

»Ach Gott, Ulrike, sprechen wir doch heute abend nicht davon. Es ist mindestens schon zwölf Uhr.«

»Ja, ihr wart lange! Hat er dir auch meine Büste gezeigt, eine schöne Arbeit, wie? Die erste nach so langer Zeit.«

Kättas Augen hatten plötzlich wieder diesen Ausdruck von Verschleiertsein und Ferne, als sie jetzt die Tochter anblickte. »Ja, wirklich, ich habe mir dein Bild angesehen. Es ist sehr schön geworden.«

Sie erhob sich langsam und wandte sich zu uns, wiederholte die Entschuldigung für ihr spätes Kommen, die Unruhe, die durch ihre Familie uns bereitet worden sei und so fort. Ihre helle Stimme war ohne Klang, sie tönte ohne Schwingung, wie eine Glocke, die auf der Erde steht.

Auch als sie ging, küßte sie Ulrike nicht. Kätta versuchte es zuerst mit einer so kurzen Bewegung, die ich nur darum bemerkte, weil ich mit ans Gatter gegangen war und ganz dicht neben ihnen stand.

Ulrike bog sich zurück, als hätte sie's mit dem Mond. »Eine herrliche Nacht! Schläfst du im Hotel?«

Kätta nickte: »Eigentlich könntest du ja mitkommen, fällt mir ein.«

Ulrike schüttelte lächelnd den Kopf, sie blickte aufs Meer: »Nein, mein Bett ist schon von mir angewärmt. Und es ist so nett hier. In einem Atelier zu schlafen, war schon seit langem mein Traum.«

Ich nickte: »Ulrike ist hier gut aufgehoben.«

Kätta reichte mir die Hand, sie bedankte sich aufs neue.

Ich ging fort. Sie sprachen aber nichts mehr miteinander, denn Ulrike trat sofort hinter mir ins Atelier.

»Meine Mutter ist zehn Jahre jünger geworden«, sagte sie ruhig, »so ein Spaziergang kann geradezu kosmetische Wirkungen haben.« Unvermittelt warf sie sodann den Kopf gegen meinen Freund herum: »Reisen Sie nun mit mir diese Nacht? Ja oder nein!«

Er nickte: »Da sehen Sie ja schon meinen gepackten Koffer. Ich möchte nur wissen, wie ich Sie über die verschiedenen Grenzen bekommen soll. Haben Sie einen Paß?«

»Ja, natürlich.« Sie tat beleidigt. »Die Visa können Sie mir doch wohl besorgen. Und auch ein paar Kleider in Neapel kaufen. Ich werde Sie allerlei kosten, haben Sie Geld?« Sie fragte das so schneidig, daß mein Freund einmal schluckte, ehe er zu antworten wußte:

»Ich weiß nicht, was in Ihren Augen Geld bedeutet. Ich bin Wissenschaftler, nicht Fabrikant oder Filmmensch! Indes – ich könnte Sie schon gut ernähren ... Ich meine für die Zeit, bis Sie vernünftig geworden sind.«

Ulrike fiel müde auf einen Sessel. Und so, den Kopf in den Händen, sagte sie: »Da werden Sie wohl lange für mich sorgen müssen, sehr lange.« Schließlich seufzte sie aus Herzensgrund, und fast knurrend sagte sie hinterdrein: »So ein Verräter!«

Mein Freund ist einer der selten gewordenen Menschen, die sich noch auf die Liturgie des Lebens verstehen. Alle den still treibenden Teig des Daseins teilenden und formenden Eingriffe der Zeit, worin sich Werden und Vergehen sinnbildhaft darstellen, begeht er mit einer natürlichen, nur den Eingeweihten bemerkbaren Feierlichkeit. Bei der aufgehenden Sonne fand ich ihn fast immer auf der Terrasse, abends ging er ihr um den Berg herum ein wenig nach. Die ersten Jahresblumen, das Weichwerden des Fruchtholzes findet in seinen Briefen eine chronikhaft nüchternen Vermerk, während er wichtige öffentliche Ereignisse niemals erwähnt. Am Sonntag zieht er sich festlich an, wiewohl er ein Heide ist, und betont dabei, daß den Alten diese »rhythmische Oktave« der Woche leider gefehlt habe, vielleicht sei das eine der größten und wohltätigsten Erfindungen der menschlichen Seele. Besonders aber Abschied und Ankunft weiß er auf seine Weise zu feiern.

An diesem Morgen, es war über der Vorbereitung der Reise schon milchweiß in dem Gewölbe geworden, an diesem seltsam verschwiegenen und emsigen Morgen mißlang zunächst jede Form, diesen Abschied darin einzufangen und zu bewahren.

Ich war zum Autoverleiher gelaufen und hatte einen Nachbarn geweckt, der die Koffer tragen sollte. Meine Frau stand in der Küche; mein Freund lief durchs Haus, sammelte und ordnete seine Manuskripte und Bücher; Ulrike ging im Studio aufgeregt hin und her, und immer aufs neue zerriß sie einen Brief, bis schließlich zwei zum Absenden bereit dalagen. Der eine trug die Anschrift: »An Frau Kätta Latten und Ulrich Huhl, Città morta«. Der andere war an ihren Vater im Hotel in Sorrent gerichtet. Sie stand, bereits Abschied nehmend, vor meiner Frau auf der Terrasse, als sie noch einmal ins Studio lief, die zerissenen Briefblätter aufsammelte und in die Küche trug. Sie lachte: »Ach, nicht weil ich glaube, Sie würden es lesen, das dürften Sie; aber es sah so unordentlich aus. Und ich habe genug Spuren hier hinterlassen.« Sie trug über dem weißen Kostüm einen Regenmantel von meiner Frau.

Mein Freund schaute in den östlichen Himmel, der noch ungebräunt war und ganz ohne Farbe, im Süden umschreibt man dieses gebärende Weiß mit dem alten Wort »alba«, denn man bezeichnet diese Zeit »all'alba.«

Wir blickten alle schweigend in dieselbe Richtung. Der Sonnenball war noch nicht selber da, doch die meisten östlichen Sterne waren schon von seiner Helle, die sich schleierhaft in den Himmel warf, verdeckt worden.

Der Totengräber ging grüßend an unserm Gartentor vorbei auf den nahen Friedhof. Der Mythologe blickte ihm nach, dann rief er: »Ist jemand gestorben, Luca?«

»Nein, Signore«, rief der Mann zurück, »ich geh', die jungen Zypressen auf dem Friedhof zu gießen.« Der Ton der ausgeschlafenen Stimme in dieser morgendlichen Ruhe trug, ohne laut zu sein, viel weiter als bei Tag. Der Himmelsrand wurde allmählich sichtbar. Das Meer sank dunkel aus der unbestimmten Nacht zurück in die klare Waagerechte. Es mußte einen schönen Tag geben.

Wir gaben einander den Abschiedskuß. Ulrike umschlang den Hals meiner Frau. »Seit wann kennen wir uns eigentlich«, sagte die Kleine, ihre Augen waren feucht. – Der Gepäckträger kam, hob die Koffer auf und ging davon.

Ich habe Ulrikes Augen, wie sie fragend und verwundert in diesem Augenblick in einer schwesterlichen Liebe meine Frau anblickten, noch gut in Erinnerung. Wäre ich ein Maler, würde ich ihre dunkelblonden Augenbrauen ganz schwarz hinsetzen, um dieses Blau, das drunter hervorsprühte, sichtbar zu machen. Und das Blau wäre ein Meerblau, so wie es an diesem Morgen ausgebreitet dalag, als das Meer erwachte: von einem graugrünen Schleier verhalten, unter dem das Sprühen der blauen Tiefe durchbricht.

Wir sprachen noch ein paar Worte über Gartendinge. Dann ging meine Frau in die Küche und holte ein Messer. Sie schnitt von den Kletterrosen einen Strauß, entfernte die Dornen, wickelte Papier darum und reichte ihn Ulrike. Wir guckten alle dabei zu. Plötzlich sagte mein Freund: »Ja – daß ich es nicht vergesse – ich hinterlasse Huhl neunzehn – nicht zwanzig, bitte! – neunzehn Liter Wein, vom besten! Hier!« Er stellte seinen Handkoffer ab, zog die Brieftasche und legte einen Geldschein auf das Gartenmäuerchen und beschwerte ihn mit einem Stein. Als er sich erhob, blickte er mit kurzem Forschen zu Ulrike auf; sie aber drückte in diesem Augenblick ihren Rosenstrauß vor das Gesicht.

Die Wirkung auf Latten, als er vernahm, daß seine Tochter mit dem ungarischen Professor nach Budapest abgereist sei, überraschte uns. Er war kurz vor zehn Uhr durchs Gartentor getreten. Meine Frau hatte die, wie wir glaubten, unangenehme Aufgabe übernommen, ihm schonend diese Flucht der Tochter beizubringen.

Latten war zuerst überrascht. Schließlich lachte er laut und zufrieden über die Terrasse hin, das einzige herzhafte Lachen, das wir von ihm zu hören bekamen. »Ausgezeichnet! Das ist Mädi! In Lebensgröße! Ist das nun nicht ein ganz verrücktes Geschöpf, diese meine Tochter?« Wir beiden schwiegen natürlich über die Gründe. Als er noch immer nicht fragte, überreichte ich ihm Ulrikes Brief. Er riß ihn auf, runzelte die Stirn in vielen senkrechten Falten, stopfte den Brief sehr unordentlich in die Manteltasche und empfahl sich unmittelbar. Es sah aus, als hätten wir ihn mit diesem Brief beleidigt. Wir erfuhren nie, was die Tochter in ihrem Brief dem Vater mitgeteilt hatte. Doch glaube ich sicher zu gehen, daß er etwas wie einen Abschied aus dem Elternhaus enthielt, das für Ulrike, seit sie wach geworden, keines mehr gewesen war.

Ich schließe das besonders aus dem wichtigen Umstand, daß Latten, ohne seine Frau in Città morta aufzusuchen und ihr eine Mitteilung zu hinterlassen, zwei Tage später abfuhr. Kätta erhielt ihre Koffer aus Sorrent zugeschickt ohne weitere Erklärung. Erst eine Woche später kam ein Brief aus Deutschland, in dem Latten ihr ohne jeden Vorwurf und in ganz geschäftlichem Ton die Auflösung ihrer Ehe anbot – »ohne weitere gegenseitige Verpflichtung beiderseits!«

Huhl zitierte gelegentlich diesen von Vorsicht pleonastisch geschwollenen Satz, und er wurde eine Redewendung in seinem Munde.

Kätta und Huhl schickten um halb elf an diesem Morgen einen Jungen. Als »Verhandlungsraum« wurde der Ausguckplatz bei der Kapelle San Pietro anberaumt. Der Platz hinter dem Kirchlein war so einsam, daß Latten ihn gewiß als eine Drohung von seiten Huhls empfunden hätte.

Der Junge lief hurtig mit unserer Antwort durch den Ort, und nach einer halben Stunde bereits erschienen Huhl und Kätta. Ich berichtete knapp und bündig, was sich zugetragen hatte. Kätta schlug, kaum daß sie Ulrikes Abreise vernahm, die Hände vors Gesicht. Ihre Schultern zuckten, ihr Leib bebte. Huhl stand an die Wand gelehnt, er rauchte seine Shagpfeife. Ich hatte ihn bisher nur jene schweren italienischen Zigarren rauchen sehen. Bartlos und mit der Pfeife kam er mir an diesem Morgen seltsam verwandelt vor. Er hatte übrigens nicht die Pelerine an, die weiße Weste aber strahlte zwischen der schwarzen Joppe wie immer. Die Pelerine war vom Auto endgültig in die Nacht entführt worden; das Jöppchen hatten sie am Weg auf der weißen Straße gefunden.

Huhl schien Ulrikes Entschluß zu billigen, er nickte still vor sich hin. Schließlich klopfte er Kätta auf die Schulter und brummte: »Beruhige dich, du kannst machen, was du willst: einem tust du bestimmt weh – und wär's auch nur deinem eigenen Herzen.«

Er las den an Kätta gerichteten Brief Ulrikes. Sie saß im Winkel der Terrasse und regte sich nicht. Er schüttelte den Kopf und blickte zwischendurch zu Kätta hin, einmal brummte er sanft und wegwerfend: »Hör doch auf! Das muß doch so sein, Kätta!« Und er las weiter. Als er fertig war, nickte er und ließ die Hand neben dem offenen Brief auf dem Tisch liegen. Er saß mit den breiten Schultern dem Meere zugekehrt. Unverwandt schaute er zu Kätta hin. Endlich sagte er, fast rauh: »Soll ich den Brief vorlesen?« Die Frau regte sich nicht. »Hör doch, du! Wenn du mir einmal so Modell sitzen mußt, fängst du gewiß an zu maulen. Aber so hau' ich dich in Kalkstein, genau so! Und wißt ihr, warum?« Er schwieg einen Atemzug lang und fuhr mit der gespreizten Hand wischend durch die Luft. »Das werdet ihr sehen.«

Kätta stand auf und kam an den Tisch, sie wollte offenbar nicht in ihrem Abseitssitzen unsere Blicke auf sich lenken. Sie schaute den Brief mit einem Ausdruck von Gleichgültigkeit an. »Ich weiß, was drinsteht.«

Huhl schüttelte den Kopf: »Nichts weißt du, gar nichts. Das ist nämlich ein Brief, wie ihn eine Tochter schreibt zur Hochzeit der Eltern, mithin ein ganz rarer Brief. Paß mal auf, setz dich doch, da ist ein Stuhl, und hier einer – also.« Huhl räusperte sich leise und nahm das Papier zwischen die Finger seiner Linken. Mit der Rechten hielt er die Pfeife, er quetschte ihren Kopf manchmal in der Faust, seine Stimme verriet gar nichts, nur wurden die Pausen zwischen den Sätzen und sein Atemholen darinnen immer tiefer und behutsamer. So las er: »Ich habe keine briefliche und noch weniger eine mündliche Anredeform für Euch beide. Liebe Eltern kann ich noch nicht schreiben, oder könnte man das von mir verlangen? Ich will mich nämlich von Euch verabschieden. Ich reise mit dem reizenden ungarischen Professor – dessen Namen ich übrigens nicht weiß, fällt mir dabei gerade ein – in seine Heimat. Er ist ein bißchen zu mager und ein bißchen zu gewichtig, aber er scheint mir der zuverlässigste Mann zu sein, den ich bisher kennengelernt habe. Und Zuverlässigkeit ist mir neuerdings alles! – Daß Ihr Euch beide so wiederfandet, bestätigt ja meine Wertschätzung der Zuverlässigkeit ... Ich bin überzeugt, daß Ihr nie mehr eine dritte Person zwischen Euch treten laßt, und da habt Ihr recht nach dieser Lehrzeit, deren teilweises Ergebnis meine Wenigkeit darstellt. Ich nehme also Abschied von meiner Mutter zuerst. Es ist mir schmerzlich, mich nicht über ihr Glück mitfreuen zu können, aber ich sage ›ja‹ dazu und wünsche, daß man eine regelrechte Hochzeit feiert. Meine Mutter hat verdient, – wenn überhaupt ein Mensch etwas von Dir verdient, – von Dir, Ulrich, so geliebt zu werden, als hätte sie keine Tochter, oder als wäre diese Tochter die Deine. Und damit verabschiede ich mich auch von Dir. Ich hoffe bei diesem Morgenhimmel, daß sich meine Liebe zu Dir verwandelt! Lebt wohl! Eure Ulrike.«

Huhl faltete den Brief sorgfältig zusammen, er steckte dabei die Pfeife in den Mund, er biß heftig darauf. So, kaum verständlich, sagte er: »Kein Wunder, wenn man verhext wird von so einer Kröte!« Und zu Kätta, die mit der Hand gegen ihr zitterndes Kinn drückte und unverwandt aufs Meer schaute, aufblickend, sagte er in überredendem Ton, er nahm die Pfeife dabei aus dem Mund: »Sagen wir doch ruhig: unsere Tochter! Nicht wahr?« Er wandte sich unsicher lächelnd an uns.

Nach etwa zwei Monaten feierten die beiden tatsächlich eine stille Hochzeit. Wir waren die einzigen Gäste. Wieder waren es vier Personen, wie damals,

als er uns nach dem Abstieg vom Monte Sant' Angelo seine Geschichte fertig erzählte: statt des Mythologen saß nun Kätta da.

Gerade zwei Tage vorher hatte mein Freund geschrieben, es war nicht der erste Brief, auch nicht der zweite, aber der erste, der etwas Klares über ihn und Ulrike in ihrem Zusammensein sagte. Ich zog also den Brief aus der Tasche. Huhl erhob sich, so blieb er stehen. Und ich las: »Was meine Zimmernachbarin betrifft: es ist eine der wenigen ausländischen Personen, welche die langen und kurzen Laute des Ungarischen mit einem geradezu wunderbaren Feingefühl auseinanderhalten und so unsere Sprache überhaupt richtig erlernen können. Sie kann schon allein einkaufen gehen und die Magd dirigieren, und zwei Oden von Pindar sagt sie auf ungarisch auswendig her, wiewohl sie natürlich auch Griechisch lernt. Das ist ja unumgänglich, wenn sie, wie sie vorhat, sich mit der Altertumskunde befassen will. Sie ist übrigens furchtbar eigensinnig und weicht keine Handbreit der männlichen Gewalt, wenn ich sie nicht überzeugen kann: nicht mit der Logik, aber mit Gründen ... So will sie auch keinen Brief an ihre Eltern schreiben (sie meint damit ihre Mutter und Huhl), bis sie – stelle dir vor, Franz – bis sie mir den ersten Kuß von sich aus gegeben habe. So müssen die Eltern und ich – wahrscheinlich noch eine geraume Zeit – warten, was für beide Teile bitter genug ist oder nicht? Indes – die Himmlischen schauen zu, und zuschauend lenken sie alles, wie ich es dir damals im Omnibus sagte, als sie vor uns saß, als wären wir aus Lehm gemacht. Es braucht alles bei ihr – nicht Zeit –, sondern: den richtigen Zeitpunkt. Sie ist ein Mensch, der – wie

Horaz es mit seinem ›sapere aude‹ will – der die Welt zu schmecken wagt und mit jedem Bissen einsichtsvoller und gefestigter wird, ohne aber über das Morgen, das noch nicht unser ist, schwatzhaft zu verfügen.«

Ich konnte den Brief nicht zu Ende lesen, es kamen auch nur noch Mitteilungen, die Ulrike nicht mehr betrafen. Denn, als die Stelle von den Himmlischen, die zuschauen und lenken, gekommen war, hatte sich Huhl mit großen Schritten leise und schnell zur Ateliertür begeben. Wir saßen eine ganze Weile so da, ohne zu wissen, was wir beginnen sollten, da rief Huhl aus dem Atelier.

Wir gingen zu ihm und fanden ihn vor Kättas Bildnis. Es war noch nicht in Stein gehauen, wie er es uns damals auf der Terrasse versprochen hatte, sondern in Ton modelliert. Und zwar hatte er, wie Kätta uns später andeutete, Ulrikes Tonbüste eingearbeitet in die Gestalt, die Kätta darstellte in jenem stummen Kauern, als sie Ulrikes Abreise oder Flucht vernahm. Es lagen also nun gleichsam die Hände der Mutter auf dem Antlitz der Tochter, es vollständig verbergend und seine jugendliche gebeugte Schwermut zugleich tragend und hütend als die eigene.

Auch wer nicht wußte, daß hier dem Rumpf der Mutter der Kopf der Tochter aufgesetzt war, empfand das Frühlingshafte dieses Hauptes auf dem in Geduld gebeugten, sitzenden Leibe, der in quellender Nacktheit, die Ellbogen auf die Knie gestützt, sein Geheimnis mit den Händen verbarg, jenes Geheimnis, das zwischen Demeter und Kore waltet, in welchem Mutter und Tochter dasselbe sind, und doch geschieden wie zwei Eimer an der Kette in den

Brunnen des Lebens sinken; aber derweil der eine Eimer schon gefüllt steigt, sinkt der andere an derselben Kette erst nieder.

Und wenn sie sich auf ihrem Weg begegnen für einen kurzen Augenblick – die Kette rastet nicht –, dann grüßen sich die mütterlichen Gefäße. Und scheidend möchte Kore Demeter sein und Demeter Kore.

Piper-Präsent

In dieser Reihe erschienen bisher:

Hisako Matsubara
Blick aus Mandelaugen

Hisako Matsubaras
kleine Weltausstellung

Christian Morgenstern
Die Versammlung der Nägel

Alexander Spoerl
Memoiren eines mittelmäßigen Schülers

Heinrich Spoerl
Man kann ruhig darüber sprechen

Ludwig Thoma
Lausbubengeschichten

Ludwig Thoma
Tante Frieda

Karl Valentin
Die Jugendstreiche des Knaben Karl

Claude Villaret
Die Nichten des Kardinals

PIPER & CO VERLAG
MÜNCHEN